1
一路煩花
illust. Tefco
第三部
神祕主義至上！
為女王獻上膝蓋
Kneel for your queen
—鋒芒—

Kneel for your queen
秦苒
20歲，身高約175公分。
父母離異，從小由外婆扶養長大。
高三休學失蹤一年，
看似凡事都漫不經心，
其實有不為人知的身分……？

程雋

身高：大約185公分
京城名家程家的三少爺。
智商過人，十六歲開始創業，
十七歲研究機器人，十八歲時去當小民警，
二十一歲當主刀醫生。

陸照影
身高：大約180公分
京城名家陸家的少爺，
時時跟在程雋身旁，是程雋的左右手。
將秦苒歸類為自己人。

秦語

19歲，身高大約167公分。
秦苒的妹妹。
父母離異後跟著媽媽寧晴到林家，
從小學習小提琴，學業成績優秀。

Contents

Kneel for your queen

第一章　演藝圈大地震

次日，星期一。

中午秦苒跟南慧瑤等人約好要說比賽的事情。

她把電腦連接實驗室的印表機，列印了硬碟裡的兩份檔案，裝訂好塞進黑色的背包中，秦苒看著資料夾裡的最後一份檔案，想了想，也按下重新列印。

這一份她就沒有放進背包，她一手拿著背包，一手拿著文件去休息室換衣服。

秦苒一向是準時走。

葉學長來休息室拿杯子，看到秦苒，笑了一下，「小學妹。」

秦苒脫了防護衣，又慢吞吞地穿著自己的外套，也跟葉學長打了一個招呼。

葉學長拿著杯子往門外走，剛走出門外一步，背後，清澈的女聲響起，「葉學長，你稍等。」

「怎麼了？」葉學長腳步頓住，轉身笑咪咪地看向秦苒。

秦苒穿好外套，把桌子上剛才自己最後列印出來的文件遞給葉學長，隨意地開口：「這份是我上個星期中午整理的太空飛行器資料，你看看，或許對你們的研究有幫助。」

「妳……」葉學長看著拿著這份文件，站在門口愣住。

之後想起來，應該是上午廖院士跟她說後，她就把這件事放在了心上。

廖院士說她對他們的研究有幫助，肯定不會有假……

葉學長知道秦苒每天中午會去圖書館，但他完全沒有想到，那天中午秦苒就整理好了資料。

「沒什麼太重要的東西，」秦苒扣好釦子，一手把黑色背包拿起來，看著葉學長，臉上露出懶散的笑，「當時時間短，我也來不及整理太多，別太在意，能對你有幫助就好。」

她來實驗室的時間不久，但葉學長三番兩次幫忙解圍，秦苒還是記在心上的。

說完，她拿著背包離開，走了兩步，又淡淡開口：「放心，我已經有老師了。」

背後，葉學長站在原地，半晌才翻開這份文件。

他以為秦苒說是隨意整理真的是隨意整理的，卻沒想到翻開一看……所有一切都是非常有針對性的見解。

廖院士說她能為他們隊伍帶來幫助，葉學長本來也是將信將疑，看到這份策畫書的時候，才總算了解廖院士說的是什麼意思。

秦苒的自動化成績本來就是滿級，這個市級的比賽是研究航太推動器，對她來說挑戰性沒有特別高。尤其是她的腦袋，對這方面本來就敏感，實作能力非常強，雖然只有一個上午加一個中午，她就制定好了一份策畫書。

葉學長在門口站了半晌，在這裡待了這麼多年，他也見證過不少明爭暗鬥。

一直看得很清的他，看到這份策畫書時，還是忍不住羞愧。

「葉學長？」葉學長在休息室門口站得太久，左丘容過來換衣服出去吃飯的時候，他還站在原地。

葉學長把手中的文件收起來，他轉身，也沒給左丘容看這份文件，往旁邊側身，為她讓了一條路，沒有回答。

週末兩天，葉學長跟左丘容在團隊研究專案的時候，兩人就有些隔閡了。

此時看到葉學長這個表情，左丘容終於忍不住了，她看了眼葉學長身後，沒看到廖院士，她壓低聲音，冷笑：「葉學長，我上次跟你說過的，你是真不懂還是假不懂？廖院士擺明了就是看好秦苒，想要幫她鋪路，甚至……要收她做徒，要我們幫她做嫁衣？」

一想到秦苒要參加，那名次中就會有她的名字，左丘容就忍不住焦躁。

「剛來實驗室幾天，就要跟我們平起平坐？實驗室裡有哪個人不是一步一步熬出來的？」左丘容抿唇，「你……」

葉學長的表情沒什麼變化，他拂開左丘容的手，將手裡的策畫書捏得更緊。

他直接開門離開。

也沒有跟左丘容說秦苒有老師了，更沒有把策畫書給她看。

左丘容……

可能不知道自己錯過了什麼吧。

*

食堂裡——

南慧瑤三個人早就到了，還點好了飯菜。

「苒苒，妳來得剛好，我研究了一堆自動化書籍……」南慧瑤拍了拍自己的書包。

秦苒坐在鐵椅上，看了那份資料一眼，然後把背包往桌子上一放，拉開拉鍊從裡面拿出了兩份列印出來的文件。

「你們先看看這個。」秦苒把文件遞給褚珩。

褚珩打開一看，裡面是「工業機器」的策畫，他笑：「正好，我星期天看了不少這方面的書。」

秦苒靠著椅背，把吸管放進可樂，手撐著下巴，喝了一口，才道：「工業機器是我為你們準備的備用方案，因為我不確定你們聽完我說的，會不會想要繼續研究我的這個項目……」

南慧瑤跟邢開立刻正色，收斂起笑。

褚珩抿唇，嚴肅地開口：「妳說。」

「因為它可能會涉及到輻射。」秦苒抿唇。

「就這個？」南慧瑤跟邢開鬆了一口氣，「嚇死我了，我以為妳要幹什麼殺人放火的事情，這有什麼大不了。」

三人都揮揮手，南慧瑤這才看向秦苒，滿臉期待：「那我們到底要研究什麼有輻射的專案？」

這三人的態度出乎秦苒的意料之外：「……」

秦苒看了南慧瑤一眼，默默地把另一份文件推過去。

南慧瑤見秦苒不說話，直接拿過來，「什麼比賽，妳弄得這麼神……」

話說到一半，南慧瑤的聲音忽然頓住，卡在喉嚨裡。

她對面的邢開正拿著筷子吃飯，見南慧瑤似乎頓住，他抬眸：「怎麼了？」

他一邊說一邊把南慧瑤手中的策畫專案抽過來，不太在意地開口：「看到什麼東……」半晌，他抬頭看著斜對面坐著的秦苒：「苒、苒姊，我沒看錯吧？這比賽是ICNE國際賽？」

上次南慧瑤為這一行人解釋過ICNE比賽，這是物理界很權威的比賽，邢開跟褚珩都記得很清楚。

他身邊的褚珩看了眼邢開手中的策畫，目光也轉向秦苒，「妳讓我們跟妳組隊，明年五月報名？」

秦苒要參加明年五月的ICNE初賽，褚珩跟南慧瑤一行人就知道了，不過褚珩沒想到，秦苒竟然要帶他們參加這個項目？

「不是，褚珩，你看清楚一點，」南慧瑤也回過神來，略顯僵硬地把吸管放進可樂瓶，狠狠喝了一大口才道：「……你漏看第二行的字了。」

邢開把策畫往褚珩面前一拍。

褚珩低頭。

面前的紙上，第一張標題第二行的黑體字——

『ICNE決賽』

褚珩把筷子扔在桌子上，他一向以清冷淡定自持，此時面容也忍不住僵硬，「所以妳之前要參加的是明年二月的決賽？」

大一去參加一群研究高材生的ICNE決賽就算了，還要帶他們三個？

秦苒隨手把可樂放下，又拿起筷子，點頭：「是啊。」

「妳哪來的名額？」褚珩又看了策畫一眼。

秦苒頓了頓，她低頭吃了一口飯，含糊地開口：「就說去不去吧。」

三個人相互對視了一眼，秦苒既然來找他們，就說明她是來真的，雖然這ＩＣＮＥ決賽對他們來說……確實有些匪夷所思……

「算我一個。」南慧瑤一拍桌子。

褚珩點頭，臉上恢復了以往的表情：「我不確定能幫到妳多少，我會盡力。」

邢開默默舉手：「苒姊，妳確定要帶我嗎？」

「那就這麼說定了，」秦苒交疊雙腿，一手放在桌子上，一手拿著筷子：「名單我已經交出去了，下午我帶你們去見江院長請假。」

要做研究，大一的一些課程就要放下了。

＊

下午三點半，秦苒拿著書從圖書館出來，帶其他三人去找江院長。

江院長中午就得到了秦苒的消息，一直在辦公室等著。

「你們四個人組隊？」江院長看著面前的四個新生，想了幾分鐘，就為其他三個人批准了假單，「有這個機會去試試也好，我們京大拿過的最高成績也就是四十二名，A大也差不多，秦苒，妳的話……要是能超越四十二名，進三十名，打破兩校的歷史記錄是最好。」

他說完，就把其他三個人的假單批好。

等一行四人走後，江院長看著身邊的助理，沉默了半晌，開口：「我是不是對秦苒他們的要求太高了？這個是ＩＣＮＥ，國際性的項目研究，不是隨便一個實驗……這種創新類型的研究專案，需要創造新的東西，全球頂尖的一百支隊伍，其中更有參加過兩三次的博士生……別說拿到前三十名，就算拿到中游的成績也不可小覷。

京大跟Ａ大的全球排名也只有五、六十名，在這種比賽要是能拿到前三十名，也是歷年學校排名的一個重要指標。

江院長懷疑自己有些過分了……

樓下。

南慧瑤默默看向秦苒，「苒苒，妳不是人……」

邢開看了一眼秦苒，也默默點頭。

秦苒換了隻手拿書，她側身看向幾人，眉眼挑著，「嗯？」

「我是說，妳明年二月就去參賽，我以為江院長只是讓妳參加國際比賽、長個見識，沒想到他直接讓妳拿名次，」南慧瑤顯然在中午時做過ＩＣＮＥ的功課，將所有消息告訴秦苒，「還是三十名……苒苒，我會盡我最大的能力，不拖妳後腿。」

在南慧瑤這些人心裡，秦苒直接去參加二月的初賽就夠厲害了，還要拿前三十名，顯然江院長對秦苒有很大的期待，對她的實力也有足夠的信心。

拖著他們三個新人，江院長還有這麼高的信心。

南慧瑤真的覺得秦苒不是最變態，只有更變態……

其他兩人也默默看著秦苒。

秦苒一直關心比賽的研究項目，從來不查比賽的歷史記錄：「……好吧。」

四個人在路口處分道揚鑣，南慧瑤三人要回去跟副導演講清緣由。

「我怎麼覺得，苒姊那樣子……並不為前三十名緊張？」邢開頓了頓。

南慧瑤「啊」了一聲，「怎麼可能？她應該也很緊張吧，我看她眼睛裡有血絲，這幾天肯定沒睡好，前三十名的壓力太大了。不過要是能達到前三十名，我最少能少奮鬥十年……」

褚珩看著秦苒的背影，沒說話。

這三人自然不知道，秦苒的壓力確實有些大，卻不是因為江院長。

江院長希望她能進前三十名，但秦苒跟徐校長也有規畫，三月，徐校長要舉行研究院的繼承人儀式，這個ＩＣＮＥ比賽，徐校長指示她要取得前三名。

比起徐校長的要求，江院長的前三十，對秦苒來說確實沒什麼壓力。

＊

雲錦社區——

秦漢秋一手拎著菜，一手拿著手機跟秦苒通話：「苒苒，妳跟小程什麼時候回來吃飯？妳叔叔幫小陵請的老師昨天到了，就住在我們對面，妳回來後我們一起吃飯，那個老師，秦管家說非常厲害！」

手機那頭，秦苒走到休息室後，才回了一句：『那這個星期六。』

秦苒也想看看秦修塵幫秦陵找了什麼老師。

雖然之前她有讓秦陵有問題就去問陸知行，但陸知行現在忙於工程，不可能跟以前一樣手把手地教秦陵，只能為秦陵指出一些大方向。

兩人掛斷了電話。

秦漢秋過了馬路，剛要往大門的方向走，一輛車就在他面前停下。

秦漢秋往後退了一步，警惕地看向前方。後座門被拉開，從上面走下一個穿著淺黃色大衣的清麗女子。

她一抬頭，秦漢秋立刻就認出對方來了，那是秦語。

「爸，好久不見。」秦語站在車門邊，看著秦漢秋抿唇笑了一下。

秦漢秋轉身想走，秦語叫住他，「是四叔讓我來告訴你，他想請你跟小陵吃飯。」

她說的四叔自然是秦四爺。

秦管家並沒有跟秦漢秋提秦家現在的一些事情，不過秦漢秋也從秦管家嘴裡聽說過一些秦家四爺的事，秦漢秋往回跑的速度更快了。

他準備回去再問問秦管家。

身後，秦語看著秦漢秋的背影，站在原地半晌，又轉身坐回車上，車開回她跟寧晴的小公寓。

門是開的。

寧晴正在跟老家那邊的親戚講電話，「你說你在電視上看到了苒苒啊，是的，沒錯，那就是苒苒，我也不知道她竟然是大明星的姪女……是吧，她現在在京城……」

秦語是學藝術的，平常活動要比其他人自由。

聽著寧晴說話，她「砰」地一聲把門關上。

這兩個星期以來，幾乎每天都有人打電話給寧晴打聽秦苒。

寧海鎮那種小地方，年輕人不多，但還是會看電視的。秦苒這張臉很好認，一傳十、十傳百，所有人都知道了寧晴家的大女兒上了電視。

別說雲城了，寧晴之前不怎麼跟她往來的姊妹都跟林婉一樣急著打電話來，誰都知道寧晴有個大女兒，幾乎都忘了秦語的存在。

秦語坐在電腦面前，抿唇看著自己微博分身帳號的頁面。

秦苒已經有了一個討論區「ｑｒ」。

她不發文，所有人都在她的話題區裡討論，縱使已過了兩個星期，熱度也直逼當紅小生。

秦語看著這些討論，冷笑一聲，用粉絲的語氣發了一則貼文——

『**看到大家都想知道小姊姊的小提琴，我這裡有一個她的參賽影片（影片連結）**』

這個參賽影片一開始就在微博上傳開來了，有些人還因為臉，喜歡上了秦苒，後來在她跟秦苒的抄襲事件過去之後，不知道為什麼，秦苒的這個小提琴影片就被人刪了片源。

不過秦語的手機裡還有一份。

秦語看著她的這則貼文瀏覽量越來越多，熱度越來越高，心裡難以控制地嫉恨，繼而又冷笑……越高越好，這些網友把她捧得越高，到時候真相一出來，秦苒就摔得越慘。

秦語幾個月前就發現了，秦苒在表演賽上的影片在網路上很熱門，之後卻似乎被人刻意刪除了。那個時候，秦語沉浸在失敗、被小提琴協會退會的痛苦之中，所以沒有多想，可現在想起來，處處都透著不對勁……

四年前秦苒才多大？

秦語聽寧晴講過電話，老師說秦苒動不動就蹺課，最多翹課一整個星期，陳淑蘭又從來不管她，秦苒自己也說過已經沒跟許老師學小提琴好多年了，秦語無法相信她在沒有人指導的情況下，能寫出那樣的曲子……

她盯著自己很快就到達一萬評論的貼文。

之前影片被刪除了沒人發現，現在她把這些影片放上去，因為言昔喜歡上秦苒的人不在少數，其中肯定有人聽出了言昔那首《歸寂》跟秦苒這首曲子的相似之處。

只有原創人才知道作曲被人抄襲的噁心感，尤其秦苒跟言昔還認識，像這樣被認識的人抄襲，後果比普通情況更嚴重，就連秦影帝也會受到波及……

秦語知道很多綜藝節目都有劇本，她不像網路上那樣堅信言昔是秦苒請來的，相較這個，她更相信言昔是秦修塵跟節目組請來的。

自然，撇開這一點，眼下言昔跟秦苒有捆綁關係，若是爆出秦苒抄襲朋友的歌……

秦語看著微博頁面很久，才關掉了網頁。

＊

與此同時，雲錦社區——

秦管家跟阿海從外面開門，兩人的眉眼都挺沉重。

「秦管家。」秦漢秋聽到聲音，拿著鍋鏟從廚房出來，「我想問問你，那個秦四爺他……人怎麼樣？」

「四爺？」聽到這名字，秦管家瞬間清醒，他看向秦漢秋，神色肅穆，「他的人找到你了？」

秦漢秋搖頭，略微遲疑，「沒有，只是……他找到我的二女兒了，會不會有什麼危險？」

聽秦漢秋這麼說，秦管家也鬆了一口氣。他坐在沙發上，秦語的資料他查過，對她不太感冒，眉頭擰起：「四爺那個人心狠手辣，二爺，你讓你二女兒距離他遠一點，討不了好處。」

秦漢秋拿著鍋鏟，若有所思地應了一聲。

兩人說著，秦陵跟一個戴著眼鏡的男人從對面回來。

男人有一雙棕色的眼眸，二十七八歲，棕色的頭髮略長，鼻梁上架著金色的眼鏡，臉上的表情很陽光。

「庫克老師。」秦管家等人站起來，非常禮貌地跟他打招呼。

庫克連忙擺手，「大家不要跟我這麼客氣，秦先生也幫了我不少忙。」

一行人坐下，秦管家才看向庫克老師，「聽六爺說，庫克先生回來，也是為了進雲光財團總部。」

「因為我的偶像在雲光財團，」庫克坐在沙發上，作為西方人，他倒不顯得拘謹，一提起這個，眼睛都亮了，「我希望我能進雲光財團總部的技術部，參與核心內容。」

秦漢秋去了廚房，在場的秦管家跟阿海等人都是做這個行業的，尤其是阿海。

他知道這位庫克先生能力不差，還是美洲的人，此時竟然為了雲光財團的一個人來……

阿海認識的雲光財團內部人員不多，但知道在外面最負盛名的那個人……

「對了，」秦漢秋又拿著鍋鏟從裡面探出頭來，「我女兒這個星期六回來，庫克老師，你星期六中午有時間過來吃飯嗎？」

「當然，您做飯我一定來。」庫克老師笑。

聽著庫克老師的回答，秦漢秋更有力氣做飯了。

吃完飯，秦漢秋把碗洗好，打掃好廚房，然後拿著手機走回房間，把房門關上。

他看著寧晴的電話想了很久，終於從黑名單內翻出了寧晴的號碼，撥通對方的電話。

接到電話的寧晴正在跟秦語吃飯，她抿了抿唇，「你怎麼打電話給我？」

秦語抬頭看了寧晴一眼，寧晴無聲說了句「是妳爸」。

『今天語兒來找我了，』秦漢秋聲音嗡嗡作響，因為喝了酒，嗓門不小，『她也是我女兒，雖然沒什麼情分了，但我也不想看著她跳入火坑。妳告訴她，要她別攀附秦家四爺，他不是什麼好人。』

寧晴拿著電話，看著對面的秦語。

「語兒，秦家四爺是誰？他讓妳別……」

不用寧晴傳話，秦語已經聽到了秦漢秋的話，她捏著筷子的手用力，伸手抽出寧晴手裡的電話。

「為什麼我不能攀附？四爺他是我四叔，我怎麼就不能回秦家了？我也是秦家人！你能讓秦苒跟秦陵回秦家，為什麼我就不能？你不讓我回去，還不讓四叔幫我回秦家？」

說完，秦語也不等秦漢秋回答，直接掛斷了電話。

對面的寧晴看著秦語，愣住，「語兒，妳怎麼這樣跟他說話？」

寧晴跟秦語都是聰明人，這幾個月來，她們兩人都是藉秦苒跟秦漢秋的聲勢活下去的，卻沒想到今天秦語對秦漢秋這麼沒禮貌。

秦語把手機「啪」地一聲放在桌子上，拿著筷子坐在椅子上好一會兒，才風輕雲淡地看向寧晴。

「妳跟小姑他們都被他騙了，四叔才是秦家現在的掌權人，至於秦陵他們，只不過是沒實權、還在苦苦掙扎的一脈。不然妳以為我爸他們為什麼一直住在社區？因為秦四爺不承認他們，他們不能回老宅。妄想他會跟秦苒帶妳進豪門？媽，妳趁早打消這個念頭吧！」

寧晴確實不知道這件事，她愣愣地看向秦語，「妳……妳說的是真的？」

「當然，明天四叔要請我們去老宅吃飯，妳去了自然就知道。」秦語深吸了一口氣，臉上恢復了以往的恬靜。

秦語收回目光，嗤笑，「還有，四叔跟爸他們是對立的，據我觀察到的，四叔馬上就要對他們動手了。媽，我勸妳最好現在少借他們的名義行事，姊姊他們的好日子，也快結束了，爸他們還以為自己在社區裡瞞得很好，卻不知道一切都在四叔的掌握之中。」

「妳這是什麼意思？」寧晴不知道想什麼，沉默地看向秦語。

秦語吃完，把筷子放下，瞥寧晴一眼：「知道我為什麼站在四叔這邊嗎？因為他早就投靠了歐陽家，歐陽家應該有什麼情報組織，爸他們那邊自以為是，根本就沒用。」

要不然秦語也不會在這個時候趁亂對秦苒動手。到時候秦修塵、秦漢秋等人會自顧不暇……一團亂麻。

＊

晚上九點。

秦苒從實驗室回來時，程木、程金都坐在飯桌邊，等著她跟程雋回來吃飯。

秦苒坐在自己的位子上，一邊吃飯一邊看手機，手機上是林思然傳來的訊息——

『苒苒，妳又上熱搜了！』

秦苒慢條斯理地回了個符號：『？』

林思然回得很快：『就是妳之前小提琴比賽的影片，好像被妳一個粉絲傳出來了，網路上正在瘋傳，沒想到妳小提琴拉得這麼好！！（厲害）』

林思然又傳來熱門貼文的截圖。

『秦影帝姪女小提琴』

『原創曲』

打完這一句，林思然又傳了一堆訊息。

秦苒看了看沒再說什麼，只讓林思然好好念書，吃完飯就回房間準備比賽的研究專案。

她一心都在實驗上，自然不知道微博上，她的熱搜已經從第十慢慢到第一了。

當時在小提琴協會的比賽上，秦苒的表現力就達到了七級學員的水準，很容易引起其他人的共鳴。又因為《偶像二十四小時》吸引了一大批粉絲，爬到熱搜第一很正常。

『我靠我靠！！我就說她的小提琴一定拉得很好！哭了，她在偶八裡面竟然沒拉小提琴！』

『原！創！竟然是原創！學聲樂的也哭了～o(T_T)o～』

『啊啊啊我是主修小提琴的，我想說我知道這個影片，當時在系上還流傳過幾天，然後銷聲匿跡，今天終於重見天日了！這個小姊姊我愛了愛了！』

『……』

熱搜持續了一整夜。

第二天早上，「ｑｒ」討論區出現了一則貼文——

『難道只有我一個人覺得她的原創有點耳熟嗎？』

討論區的瀏覽量一直都不低，這則特別的貼文很快就被大多數網友們發現。

『對，只有你一個，你是電你是光你是唯一的神話（微笑）。』

『不，你不是人。』

『……』

這則貼文一開始並沒有吸引關注。

網友們挖著挖著，就挖到了京協，大部分的人又去圍觀了京協的官方帳號，最後又轉去圍觀了魏大師的官方帳號，看完後，所有人嘆為觀止。

『我終於知道那個海老師為什麼當時一句話也不說，就把高級線索給秦苒了。』

『同，樓上的我已跪下。』

『……』

*

美洲——

秦修塵的經紀人每天也會刷qr的討論區。

這裡有不少京大的粉絲，幾乎每天都有人會拍到偶遇秦苒去食堂。

今天的經紀人一如既往地點進討論區，一眼就看到了熱門置頂的小提琴影片。

等拍完電影的秦影帝回來，經紀人坐在椅子上，一手遞保溫杯給秦修塵，一手把手機給他，笑著道：「看看。」

「什麼東西？」秦修塵喝了一杯水，一邊滑著手機。

點開影片看完，也笑了一下，然後點開自己的公開帳號，轉發了這段影片。

經紀人也不管秦修塵的帳號，隨他轉發。

「你姪女是真的優秀。」

「當然。」轉發完，秦修塵也沒退出微博，修長的指尖點開影片，往椅背上靠，眉眼含笑地又看了一遍。

因為秦影帝的轉發，秦苒的小提琴影片流量達到巔峰。

＊

此時的秦苒依舊在實驗室忙碌，絲毫不知網路上又掀起了一陣風波。

南慧瑤、褚珩這三個人沒進實驗室，不能跟秦苒一起研究，他們三個在江院長只允許他們使用的綜合大樓，待在秦苒之前做過實驗的那間教室裡。

前期他們要接觸的東西很多，秦苒讓他們提取幾個元素測試輻射，而她在廖院士的實驗室用專門的實驗器材做反應堆。

中午，秦苒四人依舊在實驗室附近的食堂吃飯。

「苒苒，妳現在也太紅了。」南慧瑤坐在窗邊，看到剛才秦苒在樓下戴著圍巾又戴著帽子，依舊被路上的人認出來，不由得感嘆。

她伸手翻出熱搜給秦苒看，「妳從昨天晚上到現在，一直在熱搜前三。」

眼下的熱搜第一已經從秦苒換成了「秦影帝轉發姪女影片」，因為是秦影帝，點進去的網友更多。

秦苒漫不經心地拿著筷子，另一隻手把一份文件推給褚珩，「這是我上午做出來的實驗結果，你們下午看看它的衍射波長。」
緒珩也在吃飯，他把文件拿過來看了一眼，「好。」
幾個人雖然是大一，但有秦苒的大方向在，又有緒珩，要有進展不算難。
南慧瑤也只在中午滑了一下微博，見兩人連吃飯都在談專案，她摸摸鼻子，把微博關掉，加入了兩人的討論之中。
自然不知道就是這個時候，「ｑｒ」討論區的那則貼文開始有新的評論出現。
秦苒這則貼文的熱度已經宣傳到最大化了，如今吃瓜的人很多，在秦語的刻意控制下，此時不少水軍混進來。
『等等，我也覺得這個原創音樂有點耳熟。』
『說起來，有言哥的鐵粉嗎？』
『樓上，我知道你說哪個，稍等，我們微博私聊。』
『……』
言昔早期的歌流傳不多，尤其那首《歸寂》，從來沒有被收錄進專輯，也沒有被上傳到各大音樂ＡＰＰ。
只有最早期的鐵粉知道這首曲子，是言昔堅持要錄的，這些早期鐵粉也不知道他為什麼要錄，只知道這首曲子對言昔來說很不一樣，有特殊的情況，特殊到他不會放在自己的榜單裡。
秦苒的話題性高，加上水軍刻意引導，這行人多聽幾遍秦苒的曲子，就發現到了問題。

*

京大藝術系練習室——

秦語把小提琴放到一邊，走到洗手間，點開微博。

在一群水軍和幾個鐵粉的帶動下，討論區已經出現了一條《歸寂》的曲目連結。發布曲目連結的是言昔的親媽粉——一江流。

微博熱搜又開始變動，言昔的《歸寂》上了熱搜。

秦語把隔間的門關上，她看了一會兒，然後退出，翻看手機裡的相簿，相簿有她對比過的曲譜……她做了好幾天，比上次的那個粉絲還要認真。

她低頭，睫毛微垂，站在隔間思考了一會兒，沒立刻登入私人帳號把的譜曲傳出去，而是打開評論區，找到了一江流的ＩＤ點開，然後用私訊把相簿裡的曲譜傳給對方。

一江流是言昔早期的粉絲，也是言昔的大粉，對秦苒本來就是愛屋及烏，眼下卻沒想到，會在秦苒的原創曲目中聽出言昔《歸寂》的旋律。

本來也只是懷疑湊巧，畢竟言昔的粉絲對秦苒還懷有感激的意味，但秦語傳過去的專業對比圖直接讓言昔的一群理智粉爆炸了。

這份專業對比圖從採譜到抄襲對比，無一不證明不是巧合，無論從曲風還是曲目中間，都能找到刻意模仿的點。

一江流：『大家嚴格控制好自己，言昔跟秦影帝是朋友，這件事他可能會顧忌秦影帝的面子，我們要做的就是在不牽扯言昔的情況下把這件事鬧大。』

對比圖在言昔粉絲群中傳開，粉絲們首先攻擊的就是秦影帝跟秦苒——

熱搜乍起。

『秦影帝姪女抄襲』

『秦影帝人設倒塌』

秦影帝早上轉發的那則貼文成了所有網友攻擊的目標。

『秦影帝，你知道你姪女的這首原創曲是抄襲的嗎？』

『希望你能給我們一個解釋！』

『一生黑不解釋。』

也有秦影帝的粉絲：『這件事跟我們家秦影帝沒有關係，希望粉絲不要上升到……』

「……」

言昔的粉絲們都非常死忠，沒有幾個人去言昔的帳號底下鬧事。秦苒的帳號因為沒有發布任何貼文，所有人都把炮火放在了秦影帝的帳號上。

*

美洲——

秦修塵還在拍電影，經紀人坐在旁邊，口袋裡的電話瘋狂響著。

經紀人拿出來看了一眼，是國內的工作室。他往外面走了幾步，接起來，十分疑惑。

「有什麼緊急情況？」

秦修塵在美洲拍戲，工作室如果沒有急事，經紀人不相信他們會在這種時候連絡自己。

『秦影帝在嗎？小姪女出事了！』手機那頭的工作人員急匆匆地開口。

聽到事關秦苒，經紀人心裡也一愣。

「你慢慢說，究竟是什麼情況？」

工作人員把熱搜的事情言簡意賅地說了一遍。

『應該是背後有人推動，抄襲對比圖很快就出來了，像在刻意散播一樣，對方也買了水軍，我們根本就無法控評！』

「這件事我來處理，你先不要打電話給秦影帝，不能讓他知……」

經紀人話還沒說完，秦修塵披著大衣，從他身後走過來，他身高腿長，直接抽出經紀人手裡的手機：「什麼不能讓我知道？」

從團隊帳號點開自己的個人頁面，縱使團隊控評，他的個人主頁也已經被言昔粉絲跟水軍占領，最熱門的一則留言換了——

『秦影帝，你不刪了這則影片轉發，向言昔道歉嗎？』

秦修塵隨便看了一眼，又點開了一則貼文——

救贖：『笑死我了，自己的曲子都是抄的，還把人家小姊姊@秦語逼走，京協是你家開的？人品可見一斑，秦影帝不出來替你姪女道歉，還把影片轉發到自己的首頁？怕別人不知道抄襲？

還很驕傲，不知道秦影帝此時覺不覺得打臉？人設崩壞了吧？也請某姪女適可而止……』

知道了大概情況，他嗤笑一聲，然後看向經紀人，「我的手機拿來。」

經紀人一頓。

秦影帝看他一眼，面色沉靜：「拿來。」

經紀人從口袋裡把秦影帝的手機遞給他，並囑咐：「你先別亂來，這件事我來處理，不要表態……」

秦影帝沒應聲，只是拿著手機一邊把玩一邊離開，繼續去拍戲。

經紀人看著他的背影，總覺得不安。

與此同時，微博上吃瓜的網友都能看到——

秦影帝的主頁面上剛剛轉發了網友「救贖」要求秦影帝跟秦苒出來道歉的留言，並評論三個字——『不刪，滾。』

經紀人低頭，滑了滑手機，自然也看到了秦修塵轉發的貼文。

他用手蓋住眼睛，「我就知道……」

能預料到秦影帝一插手，會在本來就不平靜的網路投下炸彈，估計要不了多久，微博上就會產生各種話題，這件事會越演越烈。

下一秒，工作室再度打電話來。

『哥，現在怎麼辦？』秦修塵的公關一向反應很快，微博上的話題剛爆發，工作室的人就及時發現了。

本來公關就掌控不了風向，這個時候秦修塵又突然發了這則貼文，把網友的情緒推上最高潮。

經紀人沉吟了一下，「這件事能不能試著連絡言昔那邊，詢問具體情況？至於小姪女那邊，暫且先瞞住。」

網友不知道秦苒的性格，但經紀人跟秦修塵與她相處了那麼久，怎麼會不清楚？

無論如何，經紀人也不會相信秦苒是會抄襲的人。

資訊時代就是這樣，秦苒紅得太快，之前又幾乎找不到黑歷史，如今好不容易找到了一個，她又是話題中心的人物，嫉妒她的人不在少數，一時間都席捲而來。

『言天王那邊……我們可以連絡嗎？』工作室的人不由得頓了頓，小聲詢問。

經紀人站在門口，外面寒風呼嘯，冷風如刀子一樣刮進他的脖子裡，他回想著錄節目時，言昔對待秦修塵十分尊敬的態度，不由得頓了一下。

「應該可以，你試試。」

聽到經紀人的話，秦影帝團隊開始找言昔的團隊來處理這件事。

跟工作室的人討論完，經紀人直接往裡面走。

攝影棚內，秦修塵面若冰霜，正拿著手機，翻出一個電話號碼，半晌才按下通話鍵。

經紀人過來看了一眼，是秦苒的電話號碼。

電話被接通。

這個時候晚上七點，秦苒還在實驗室，微博上的「抄襲」事件剛爆發不過十分鐘。

她手上拿著一份文件，走到了休息室。

『苒苒，聽說妳星期六要回去看秦陵的老師。』秦影帝沒有提網路上的事情，眉眼雖沉，但說話的口氣跟以往沒什麼兩樣。

秦苒把文件隨手放在桌子上，這是南慧瑤他們剛傳過來的檔案，她向來言簡意賅：「沒錯。」

秦修塵知道秦苒不愛看八卦論壇，而他跟秦陵一直有連絡，知道秦苒一直在做實驗，現在聽秦苒的語氣，就知道還沒人跟她說這件事，『妳現在還沒回去？』

「專案的前期問題很多，」秦苒看著第一頁研究的資料，眉心微微擰起，深色的眼睫垂下，「在製備濃縮鈾的時候，怎麼盡量抑制裂變反應……」

她說到後面，忽然猛地抬頭，腦中一道白光閃過。

「我知道了，叔叔，我下次再連絡你……」

說完就匆匆掛斷了電話。

秦修塵把手機放下，看著被掛斷的螢幕，失笑：「她還在忙著做實驗。」

「小姪女還是跟以往一樣，」經紀人也搖了搖頭，他手裡夾著一根菸，神色嚴肅，「這件事肯定是有心人控制，不然短短時間內絕對做不汙對比圖，但是你太衝動了，你不知道你這次毫無頭腦的衝動會少不少粉絲。而且，現在一些大粉們也帶頭說要脫粉，要不要發個聲明？」

現在微博上有一群秦修塵的粉絲鬧著要脫粉。

「不用，洗粉。」秦修塵的聲音很淡，眉眼也挺冷漠。

這件事突然間鬧這麼大，背後不可能沒人推波助瀾。

經紀人咬著菸，「不過小姪女的這首原創曲確實奇怪，《歸寂》是江山邑親自作詞作曲的，著實奇怪……」

「等等，你說那首《歸寂》是江山邑作詞作曲？」秦修塵轉身看向經紀人，一頓。

以前雖然沒正面碰過言昔，但不代表秦修塵不知道言昔，不知道「江山邑」這個人。

言昔成名，一半原因歸於他自己，一半原因在江山邑身上，這幾年「江山邑」在圈子裡以神祕著稱，連秦修塵都聽說過，他在國內參演的兩部電影，製作方都想要請江山邑編曲。

經紀人去連絡工作室，詢問言昔那邊的進度。

秦修塵拿出手機，再度打開微博……

*

京城，田瀟瀟家──

溫姊匆忙地按著田瀟瀟的門鈴。

田瀟瀟披著睡袍，神色慵懶地打開了大門。看著她這樣，溫姊鬆了一口氣。

「還好，趕得上……」

「溫姊，」田瀟瀟坐回沙發上，一邊打開電話一邊拿著蘋果啃，「妳先看看微博。」

微博上，田瀟瀟的主頁也發了一則貼文，秦苒在小提琴協會比賽的影片，並附言──『**學姊的小提琴一如既往地好聽**』。

秦語有秦苒的小提琴影片，田瀟瀟自然也有。

溫姊的腦子瞬間猶如五雷轟頂，僵硬地點開評論——

『妳知不知道妳學姊是抄襲的？』

『妳竟然還支持她抄襲？』

『以前還挺喜歡妳的，今天對妳完全粉轉黑！』

『路轉黑！』

田瀟瀟的前一則貼文，正是轉發了娛樂大八卦直播訪談嘉賓的廣告——

『竟然還去了娛樂大八卦的訪談，娛樂大八卦也是，訪談節目怎麼會接妳這種品行不端的人？』

溫姊看完，然後無奈地看田瀟瀟一眼。

「妳也太衝動了，妳以為妳是秦影帝嗎？有本錢這麼胡來？他就算清了一半粉絲，在演藝圈的地位依舊不可撼動，但妳本來就沒幾個死忠粉。」

「喔，淡定。」田瀟瀟交疊雙腿，咬了一口蘋果。

與此同時，《娛樂大八卦》官方帳號也被一堆粉絲圍攻。

「導演，現在怎麼辦？網友們都說以後再也不看我們的節目了。」娛樂大八卦的工作人員連夜對節目組的製片方打招呼，說了微博上發生的事情。

娛樂大八卦的製片方沉默了一會兒，然後開口。

「你派人去跟田瀟瀟那邊連絡，合約不續……下一期的嘉賓是誰？」

工作人員翻了一下行程，「是李雙寧。」

「你提前去連絡李雙寧，問她明天能不能抽出行程。」製片方滑著微博，若田瀟瀟不回應就算了，可偏偏田瀟瀟回應了。

這件事牽扯的範圍太大，不僅對節目口碑有影響，最重要的還涉及到言昔。

演藝圈的人都知道，言昔的後臺不比秦修塵小，可能還要大得多。

不得罪言昔，還要在這次事件中博得一大波熱度跟觀眾好感，製片人想了想，要怎麼選擇根本不用考慮。

幾分鐘後，《娛樂大八卦》直接把邀請田瀟瀟當嘉賓的那則貼文刪了，然後又發了一則邀請李雙寧的貼文。不僅邀請了李雙寧，還利用田瀟瀟在微博上好好刷了一把存在感。

在田瀟瀟家的溫姊也收到了工作人員的電話。

『抱歉，因為我們節目組這邊的原因，明天的節目可能不能邀請田小姐了……』

那邊說得客氣，但實際上是為什麼，大家心知肚明。

「好了，妳明天沒有通告了……」溫姊姊看向田瀟瀟，嘆了一口氣，「不過公司竟然還沒打電話過來罵妳毀公司的形象，江氏對妳也太容忍了吧……」

溫姊拿著手機，除了《娛樂大八卦》，江氏一點消息都沒有，只是透過這次，依舊能明顯看出演藝圈的陣營。

平常跟田瀟瀟相處融洽的幾個演員，在知道娛樂大八卦跟田瀟瀟解約後，別說微博上不發聲，連電話都沒打來幾通。倒是秦影帝那裡有一部分人緘默不語，但大多數人都為他點讚，也有人發一則長文稱讚秦影帝平時的為人。

包括璟影后。她的行事作風跟秦影帝很像，直接轉發了一個分析秦苒抄襲前後的心理路程的娛樂博主貼文——

『你蛋疼？』

秦苒絲毫不知道這一晚因為她，演藝圈發生了大地震，悄聲無息地大變革。

*

汪老大急匆匆地來到言昔的錄音室，「砰」一聲推開門。

「言昔人呢？給他打一萬通電話他都沒接？」

「言天王寫了四天四夜的歌，下午才睡，還沒……汪老大你幹嘛？」

汪老大等不及，「砰」地一下踹開門。

休息室的門不是防盜門，汪老大也是因為心急，使出了自己百分之三百的力量，一腳就踹開了。

言昔一心都放在音樂上，靈感來了基本上都不會睡，直到寫出了自己想要寫的詞曲才會停下來。也因為如此，言昔身邊的工作人員都知道他這個習慣，在他寫完詞曲後，都會等著他休息完從休息室出來，尤其是汪老大，對言昔照顧得無微不至，根本是當作親生兒子來對待。

通常言昔休息時，他比任何人都看重，這次竟然在言昔剛睡著沒多久就踹門？

跟在經紀人身後的工作人員一起進去，沒見過經紀人這個狀態的幾個工作人員神色也慌張起來：「汪老大，出了什麼大事？」

汪老大沒時間回答，踹開門之後就繞到裡面的臥室，裡面只有一張床。

汪老大踹門的響聲很大，言昔就算睡得再死也聽到了，他此時正坐在床上，頭微微低著。

聽到有人進來，他略微抬頭，露出略顯青黑的眼底，還有凌亂的呆毛。

「怎麼了？」

他往後面靠，看向汪老大，聲音懶洋洋的，明顯精神不振。

「你還睡得著？」汪老大急匆匆地走到他面前，「快看微博！」

「微博怎麼了？」言昔在床邊找了找，沒看到自己的手機，「我手機應該在外面。」

汪老大面無表情地看著他，「再不看微博，你爸爸都要被人罵死了。」

一說完，言昔本來懶洋洋的動作一頓。

他猛地抬頭看向汪老大，疲憊的臉瞬間清醒，手上的被子一掀，連外套都沒拿，直接跑到外面去找手機。

原本斯文俊雅、一心只為音樂的少年忽然變成了這樣，跟在汪老大身後的幾個音樂室工作人員愣了愣。

而原本急到不行的汪老大卻忽然淡定了，他伸手整理因為奔跑而凌亂的髮型跟衣服。

「汪老大，到底發生什麼事了？你怎麼忽然又不急了？」幾個人望向汪老大。

汪老大側頭看了問話的人一眼，忽然笑起，看起來心情挺好。

「現在該急的應該不是我，是言昔，演藝圈……將有一場大地震。」

大地震？

這會有什麼一場大地震？

汪老大在演藝圈算得上頂級經紀人了，連他都說會發生地震，那肯定不小……

工作人員面面相覷，忽然想起了汪老大說的微博，都拿出自己的手機打開微博看。

汪老大剛說完，口袋裡的手機響起，是本市的一個未知號碼。

他一邊往外走，一邊接起。

手機那頭是秦修塵工作室的人，見到電話很快就被接起，工作室負責打電話的人立刻朝其他人比了噤聲的手勢，並十分有禮貌地說：『您好，請問您是汪經紀人嗎？我是秦影帝工作室的工作人員，想要跟您解釋一下微博上……』

一聽是秦影帝工作室的人，汪老大連忙開口，「抱歉，是不是給你們添麻煩了？放心，我已經找到言昔了，這件事應該馬上就能解決。」

汪老大說得有條有理，並解釋言昔已經在看微博了，語氣很快也十分客氣。

又接連解釋了好幾句之後，雙方才掛斷電話。

秦影帝工作室裡，連絡汪老大的人開了擴音，圍坐在身邊的人都聽清了。

「我是不是打錯電話了？」拿著手機的人一臉茫然地抬頭，汪老大沒有想像中的生氣就算了，還非常和藹地讓他們不要擔心，言昔已經在解決這件事了？

這不管怎麼聽都有些詭異。

但對於秦影帝的工作室來說，這是一件好事。畢竟在演藝圈混的人都知道言昔不簡單，各方面比秦影帝都要乾淨，沒人能挖出言昔背後的人。

要是真的硬碰硬，這次不只秦苒，對秦修塵也沒有好處。

「我先打電話給秦影帝通知他們這件事。」工作人員想不通，索性也不想了，直接把這件事告訴了經紀人。

美洲這邊，經紀人接完電話，也鬆了一口氣，他看向秦修塵。

「言天王那邊說要解決……小姪女跟言天王的關係也太好了吧……」

這樣都能無條件相信？

經紀人看著秦修塵，微微陷入沉思。

＊

京城這邊，言昔已經從自己的微博點進了熱搜。

討論區已經更新了一篇新的公關稿——

『事情鬧這麼大，在節目中跟秦苒關係很好的言天王卻一直沒有表示，這背後究竟表示著什麼？

大家請看幾張圖，這是最早秦苒在京協參加完考核之後，也爆發過一場抄襲戰爭，還因此汙蠛京協的一個小姊姊。這件事我相信很多人不知道，因為爆發之後沒有幾天，網路上所有關於秦苒的影片跟照片都被人刪得乾乾淨淨，我也是找了技術人員才找到幾張當時的圖片。

為什麼要把當時的考核影片跟秦苒的照片刪掉？博主猜測，是因為心虛，她怕被人查出抄了江山邑大神的作曲跟編曲。

為什麼言天王不發聲？在節目中，言天王看起來跟秦苒關係那麼好，此時卻一句話都不說，應該是被噁心到了，畢竟作為朋友還光明正大地拿朋友的歌參加比賽……』

『自己都是抄襲的，還好意思用這首歌把其他人趕出京協？』

『為什麼所有人都在罵她？我希望有人站出來打她！』

『……』

言昔看完這個，沒有說話，直接切回主頁，發了一則貼文——

『V言昔：不存在抄襲，那首曲子本來就是她自己作曲。』

發完之後，他拿了耳機，切回去聽了秦苒的小提琴原曲。

然後又回到自己的工作室，按照年分，從一堆手稿中拿出了兩張紙，坐在地上半晌沒有說話，眼白略微泛著血絲。

「怎麼了？」汪老大拿著手機走過來，感覺到言昔略有異樣，不由得一頓。

言昔將頭往後仰，用手遮住眼睛。

「知道《歸寂》為什麼從來不打榜，也沒放入專輯嗎？」

也不等汪老大回答，言昔目光飄散，「因為這首歌她改編過一次，第一次是在四年前的七月八號傳給我的，就是她在京協拉的那首小提琴，就是這首。」

他把一張曲譜遞給經紀人看。

「十天後，我填好了詞，她又重新傳了改編版的曲子，就是《歸寂》。」言昔把另一張原譜遞給經紀人。

汪老大對言昔跟江山邑之間的關係不清楚，他看了看手中的兩張稿子，都是言昔用手抄下來的。

「《歸寂》……應該是你的第一張黑暗風吧？」

「她當時改編之後，只傳給我，什麼話也沒說，」言昔的目光轉向窗外，「音樂最騙不了人，我猜測到她當時應該經歷了什麼事，因為改編後的《歸寂》就像是……死亡。」

言昔轉回目光，一雙黑漆漆眸子盯著汪老大。

這首歌是江山邑寫給自己的，自那以後，言昔就感覺到江山邑跟之前有什麼不一樣。這首歌他一直不願意對外公開，大概就像是他跟江山邑的某種約定。

汪老大點點頭，他坐在言昔身邊。

「真的想不出來，大神當時多大，十六？十五？」

他想不出來，這樣的年紀能經歷什麼。

言昔沒有說話，他切回手機主頁面，打了一通電話給秦苒。

電話那頭，秦苒的聲音一如既往地清冷，『說。』

「我看了妳在京協的那場小提琴表演，恭喜。」言昔輕聲開口。

秦苒那邊也頓了一下，大約兩三秒之後，她才往牆上靠：『謝謝。』

能在表演賽上把四年前最初的曲子重新撿起來，就等於是放下了那段往事。秦苒站在走廊旁站了一會兒，看著手機半晌才笑了笑，重新走回實驗室。

自然不知道物理實驗室門外，程雋的車從半個小時前就停在這邊了，他沒下車，只坐在駕駛座上，眉睫垂下，低頭看著手機的顯示頁面。

《歸寂》

作詞：言昔

作曲：江山邑

編曲：江山邑

程雋盯著這個頁面半晌。

車窗被人敲了敲。是程金，他遞給程雋一份資料表。

「言昔的資料很乾淨，查不出什麼，有些奇怪，我還讓程火查了，也沒查到，不過他背後的人應該是江山邑……」

「這個江山邑比他更不簡單，完全找不到任何蹤跡。」查了這麼多，程金覺得江山邑這個人有點可怕，像是個大人物。

程雋伸手開了車內燈，接過資料翻著。

言昔的資料背景很乾淨。程雋看過寧海鎮七一二的案子，言昔背景資料的乾淨程度僅次於潘明月。

程金沉吟了一下：「雋爺，這言昔有一個地方很奇怪，資料上顯示單親，但他父親就跟消失了一樣，沒有半點資料……被人刻意掩蓋了……」

他噤住聲。

資料只有幾頁，基本上都是言昔的成長歷程，程雋隨便翻了翻，然後將文件闔上，隨手放到副駕駛座上，從口袋裡摸出了一根菸咬上。

「沒事了，你先回去。」

聲音聽不出絲毫情緒。

程金的車就停在不遠處，車還沒熄火。程木開車，他看了程金一眼。

「雋爺有沒有說接下來要怎麼做？」

「什麼？」程金正在想事情，他抬起頭看向程木。

「就網路上的事，」程木把微博打開給程金看，氣憤地開口：「雋爺不是吩咐你做這件事？」

「這件事用不到雋爺，」程金收回目光，「言昔自己會處理。」

「是嗎？」程木放下手機，不太相信地把車開出校園，「言昔看起來有那麼好？他為什麼會幫秦小姐？」

程金滑著手機，點開微博看言昔的個人頁面：「作為幫他掩蓋資料的報酬吧。」

連程火都查不出來的資料，代表幫言昔掩蓋資料的人在駭客方面比程火更高一籌，這種人在國內本就鳳毛麟角，加上秦苒能在節目上忽然把言昔請來，程金思來想去，在背後幫言昔的人，只會是秦苒。

他想著，也翻到了言昔的那條澄清貼文，手機對準程木。

「看，澄清了吧。」

*

京大，女生宿舍——

秦語一整晚都在滑微博。微博上的熱搜又更換了，排行第一的就是——

『脫粉秦修塵』

秦語滑著秦修塵的首頁，半小時不到，秦修塵的粉絲就掉了三十萬，還在持續掉。qr的微博掉粉最快，從一千六百萬的粉掉到了一千四百萬。

就是這樣，再鬧大一點。

秦語滿意地看著這個效果，她把筆記型電腦搬到床上，拉起床簾，舒適地靠在床頭，繼續往下滑。滑到一半，她再度重整頁面，看網友肆意謾罵的貼文。

沒想到這次一重整，就看到了一則澄清的留言——

『事情真相出來了，希望網友能向秦影帝還有秦影帝的姪女道歉。』

後面很多留言在跟風道歉。

這是什麼情況？

秦語的臉色變了變，她順著留言點進去，一眼就看到了言昔發的貼文——

『V言昔：不存在抄襲，那首曲子本來就是她自己作曲。』

不存在抄襲？

那首曲子本來就是她自己作曲？這是什麼意思？

秦語不敢相信這個結果，《歸寂》跟秦苒的小提琴曲有那麼多地方重合，怎麼可能是秦苒自己作曲！秦語點開留言。

『@救贖@一江流，出來受死。』

『錯怪了小姊姊，我就說小姊姊不是這樣的人。』

『好的，言哥。』

『我已經道歉了。』

『……』

鬧得沸沸揚揚的抄襲事件，最後就這樣被言昔一錘否定了？

秦語坐在床上，手不停地撓著頭，當初她跟秦苒重合的地方那麼多，都被網友判定了結果，怎麼到言昔這裡一切就不成立了？

她盯著這則貼文，怎麼想也想不通。

秦語莫名地煩躁，滑鼠已經移到了網頁右上角的叉叉，剛要點下去，那個名叫一江流的大粉又私訊她了——

『小姊姊，妳能挖出譜子，經過專業鑒定，是不是構成了抄襲？』

這是……

秦語沒立刻回答，她點進一江流的主頁，一江流的個人頁面大部分都是為言昔打榜的歌曲，但往下滑，也能滑到一江流為幾個分析「江山邑」的貼文點讚了。

秦語的腦子迅速運轉，很快就明白了——

這一江流是江山邑的粉絲，所以作為言昔的頭號粉絲，卻沒有加入言昔的後援會。這點才奇怪，但如果他是江山邑的粉絲，而不是言昔的粉絲，就能解釋他為什麼會在那首江山邑作曲編曲的《歸寂》被抄襲時，第一個站出來。

眼下，一江流私訊她……

秦語點回一江流的個人頁面——

『你可以讓任何一個聲樂導師判定，這就是屬於抄襲。』

一江流這次停了半晌，才回了她一句謝謝。

關了對話框之後，秦語再次返回微博主頁，眸光閃爍。

不到十分鐘，果然有新的話題出現。

『言昔大粉一江流宣布脫粉』

*

言昔這邊，他發完貼文沒有繼續睡，而是披著外套坐在地上，翻看他抄寫下來的簡譜。

二十分鐘後，汪老大敲門進來。

言昔頭也沒抬，「還有事？」

「確實有事，微博……」汪老大的神色有些怪異。

言昔的手一停，他看了眼汪老大，眼睛裡還有血絲。

「微博還有問題？我都那樣說了，我的粉絲應該不會鬧了吧。」

他倒是很信任他的粉絲。

「你的粉絲確實沒有問題，但……」汪老大蹲下來，默默看了言昔一眼，「你忘記了你的發跡史嗎？你的粉絲有一部分是江山邑的粉絲。你的粉絲沒問題，是大神的粉絲不高興了。」

言昔的發跡史大家都很清楚，源於江山邑這個在圈內極度神祕的神編。

現在學音樂的大部分老師，都會在課堂上用江山邑的編曲當作示範。

這個人在音樂界十分神祕，沒有半點風聲，卻也累積了無數粉絲。

言昔一個當紅歌手在音樂界能走到這個地步，還不被老一輩的藝術家輕視，跟這個神級編曲有很大的關係。

汪老大舉起手機，把手機頁面給言昔看。

頁面上，是一江流的脫粉發言——

『大家都知道言天王這個人一向不參與綜藝節目，這次突然參加了《偶像二十四小時》本就不簡單，他在圈中也沒有認識的人，我查了秦苒的資料，高三前完全是在一個貧困的小鎮，怎麼可能會認識言昔？來京城後也沒看到跟言昔有任何交集，為什麼能在節目中請來言昔？

只有一個原因，她背後的金主來頭真大，大到言昔都不得不屈服，（言昔微博澄清圖片），@言昔，這首歌是神編江山邑作曲編曲，你憑什麼替他定下沒有抄襲的言論？（兩首簡譜對比圖）言昔，我想問問你，秦苒背後的人背景有多大，這些證據在你眼裡都當作沒看到？

@言昔，你忘了你當時是因為誰的歌走紅？誰讓你走到今天的？秦苒背後的人背景太大，前幾天傳得沸沸揚揚，現在網路上卻找不到她的任何資料，我不知道我的帳號還能存在多久，我在此宣布，從此以後脫除言昔粉籍。』

『大家還記得當時關於qr的貼文一夜之間大手筆突然消失嗎？細思極恐……』

『我感覺再過兩分鐘就看不到了……』

言昔音樂室裡，站在外面的工作人員看著言昔跟汪老大，一個個噤聲不敢說話。

卻沒想到，兩個當事人的臉上完全沒有慌亂之色。

言昔沒有回答，而是拿起手機打了一通電話給秦苒。

言昔……嘴角還似乎抽了抽？

「現在怎麼辦？」汪老大看向言昔，「你有請示大神嗎？」

秦苒這次有些不耐煩了，『說。』

言昔站直身體，言簡意賅地說了一遍，最後小心翼翼地問：「我能發一則貼文嗎？」

兩分鐘後。

就在網友覺得一江流的帳號會被刪的時候，言昔的微博再次更新——

『V言昔：為什麼？大概因為她是江山邑吧。//@一江流：微博正文……』

江山邑在演藝圈的神祕性別說粉絲了，就連言昔之前都覺得她很神祕，當初居然忽然找上他、要給他編曲。一江流說的，就連言昔自己也不否認，他成於江山邑，他在音樂上有一半的成功，是基於幾乎每個歌手都想要合作的神級編曲。

江山邑在音樂界不僅僅貼著神祕的標籤，還是一個誰也無法撼動的響亮名聲，網友們提起他都是「鬼才編曲」、「神級編曲」。

喜歡言昔的人占了半邊江山，這其中有不少粉絲喜歡只會為言昔編曲的江山邑。

演藝圈的人都知道，江山邑是言昔的專屬編曲，甚至還有兩人的CP粉，而「一江流」的發言讓大多數喜歡江山邑的粉絲既憤怒又失望。

就在好幾波粉絲要在言昔的網頁帶風向的時候，看到言昔發的那則貼文，為粉絲們投下了一枚驚天魚雷。每個人都瞪大眼睛，看了好幾遍才敢確認言昔發的貼文。

『我感覺我眼花了，來個人打醒我，這是怎麼回事？』

『樓主跟我一樣掐自己。』

『江山邑？』

『我靠，江山邑！言天王是認真的嗎？這下演藝圈炸了炸了。』這是典型的暴躁型網友。

『……』

所有吃瓜的網友都知道這次事情的起源是因為秦苒的原創曲跟江山邑的那首曲子有部分重合，江山邑跟言昔的流量不凡，秦苒雖然紅，又是秦影帝姪女，可犯了原則性的錯也依舊引來罵聲，甚至比一般人還慘。連秦影帝都無法洗白，言昔也會遭受牽連，而璟影后那行人就不提了……

畢竟現在已經有人在帶言昔跟秦影帝「指鹿為馬」的風向。

這件事幾乎震撼了整個演藝圈，出來為秦影帝護航的人不在少數，半個演藝圈的人都在等這件事的後續，想要看看言昔跟秦影帝會怎麼收場。

可是秦苒要是江山邑，那網路上傳的一切就不再是問題了。

眼下所有網友都沒有想到這些，所有人看到言昔貼文的第一秒，腦子裡只有一句話——

演藝圈要炸了啊。

*

美洲——

經紀人一直在等秦苒這件事的後續，時不時就會點開微博。

跟工作室的人開完小型視訊會議，經紀人再度打開微博，卻發現微博點不進去。

他試了好幾次都一樣，其他軟體都很正常，只有微博不能用。

他不由得看向一旁的秦修塵，「你看看你的微博能用嗎？」

秦修塵低頭從口袋裡拿出手機，隨手滑開螢幕，點了一下微博，也無法點進去。他側頭看著經紀人，若有所思：「微博當掉了？」

與此同時，跟經紀人發生同樣問題的，還有其他網友。

大家都發現自己的微博忽然間點不進去了。

「不應該當成這樣吧？」經紀人把微博刪除又重新安裝，還是打不開，「以前也當過幾次，但也只是熱搜打不開，熱門無法重整，沒有哪次連點都點不進去……」

「這是出了什麼新聞？」經紀人又找同行的工作人員試了一下，確定是微博當了，才震驚地看向秦修塵。

經紀人剛說完，他的手機忽然瘋狂響起來，拿出來一看，正是京城工作人員，他接起來，把手機放到耳邊。

「微博當掉了，國內是不是有什麼消息？」

『我們也是剛剛才得到的消息，不知道是不是真的，』工作人員那邊回過神，『好像是言天王那邊發了一則貼文。』

「不是早就發了澄清貼文？」經紀人也圍觀過。

『不是，』工作人員頓了頓，半晌，聲音略虛地開口：『言昔後來又發了貼文，他說小姪女就是江山邑。』

秦修塵就站在經紀人身邊，經紀人沒有刻意避開他，自然也聽到了工作人員的聲音。

微博的工程師連夜加班。

十分鐘後，微博恢復正常，所有網友第一時間點進去，就看到熱搜第一欄更新——

『江山邑』

關鍵詞後面有三千六百多萬次的搜尋次數，還在飛速上升中。

今晚的演藝圈因為秦修塵跟言昔、璟雯等人的參與，關注的網友本來就多，更別說言昔最後還爆出了演藝圈「十大未解之謎之一」——

際。

江山邑。

當初汪老大就跟言昔討論過，要是爆出秦苒是江山邑的事，演藝圈肯定會吵翻天。

眼下不僅爆出了江山邑的身分，之前更有秦修塵跟言昔一行人推波助瀾，微博不吵翻天不實際。

然而，就算有工程師搶救，所有人點進去的時候，微博還是有些卡，一點進去就變成空白一片。

但多點幾下就能重整看到言昔二十分鐘前發的貼文——

V言昔：為什麼？大概因為她是江山邑吧。//@一江流：『微博正文……』

下面有四十九萬則留言，再重整，又變成了五十萬。

「秦影帝，小……小姪女她……」經紀人努力地看向秦修塵，「這可是江山邑啊……」

演藝圈五年前忽然出現的鬼才……

什麼高考狀元、神牌創始人的經紀人還能理解，但江山邑這種……在演藝圈的地位甚至不下於言昔……

秦修塵看起來比經紀人沉穩很多，大概是因為他之前就有猜到，連手都沒有那麼顫抖，而是拿手機撥了一通電話給秦苒。

這時，秦苒提前離開實驗室，正在休息室換下放射衣。

當初她會幫言昔編曲也只是因為言昔當時是個新人，編曲不熟練，他們一合作，就接近五年。

這期間，寧海鎮一直有人盯著，秦苒也只在暗地裡連絡言昔，從不露面。

去年程雋跟郝隊一行人來到雲城，圍剿了那群匪賊，言昔在魔都要求見面時，秦苒也有考慮過，才沒拒絕。

現在因為她，秦修塵跟璟雯、田瀟瀟等人都發言，她知道這些人在什麼都不知道的情況下為她挺身而出，是真的把她當成朋友、親人。言昔要公布她編曲家身分的這件事，秦苒也考慮過。這件事對她影響不大，她現在一心都在研究上，但對秦影帝、田瀟瀟、言昔等人以後在演藝圈會造成很大的影響，所以她沒拒絕。

她跟言昔通完電話之後，就知道等一下肯定又有一場電話大戰，索性放下了研究，把文件跟書籍收回背包裡。

剛換好外套，秦修塵的電話就打來了。

秦苒一邊把背包掛到肩膀上，一邊接起，將耳機塞到耳朵裡。秦影帝沒有說話，秦苒就往電梯走，耐心地等著他開口。

電梯下來的時候，秦影帝終於像是醞釀好了。

『苒苒，言昔發的貼文是……』

表面上裝得再鎮定，現在說話時，秦影帝的聲音裡仍有一絲微不可見的顫音。

「是我，」秦苒進了電梯，按下一樓，眉眼清冽，「抱歉，讓您擔心了。」

秦影帝頓了一下才抬頭，『沒事，沒事……』

兩人說了幾句，秦影帝僵硬地掛斷了電話，跟經紀人對視了一眼。

「難怪小姪女當時能請來言昔，」經紀人收回目光，再度看向手機，面無表情地開口，「江山邑都邀請了，言昔怎麼會不來？當時我們聊天的時候就聽到汪老大喊大神，我還以為自己聽錯了……」

演藝圈十大未解之謎之二——言昔參加綜藝的謎題也順便解開了。

經紀人又點回秦苒跟秦影帝的帳號，剛剛兩人掉的粉絲已經漲回來了。

尤其是秦苒，粉絲本來從一千六百萬掉到了一千三百萬。，現在又瘋狂飆漲，按照這個趨勢，要在明天早上漲到兩千萬都不是問題。

經紀人滑著微博，一片空白的大腦漸漸恢復了神智。剛想讓秦修塵去連絡秦苒，又忽然想起一件事，他搗著手機，愣愣地抬頭看向秦修塵。

「秦影帝，你還記得在C市的時候，我跟你說過言昔後臺的事情嗎？」

秦修塵握緊手機，側過頭，薄削的嘴唇抿著看向經紀人，神色發愣。

經紀人將當時的話重複了一遍：「汪老大當時說，江山邑是雲光財團的人。」

當初在C市拍《偶像二十四小時》時，經紀人跟汪老大討論過江山邑的事情。從那時候起，經紀人就知道江山邑是雲光財團的人了。那天經紀人還跟汪老大感嘆過，難怪言昔在演藝圈這麼順風順水，從來沒人敢逼他簽各種亂七八糟的合約，星途比秦影帝坦蕩得多。

其他經紀人可能不記得，但這關於圈子裡言昔的神祕後臺，又涉及到神龍見首不見尾的江山邑，經紀人連當時汪老大的表情都記得。

眼下……秦苒跟江山邑重合，那不就等於，秦苒是雲光財團的人……

經紀人直盯著秦修塵，他作為秦修塵的經紀人，跟著秦修塵闖蕩這麼多年，經歷過不少風浪，面對秦家四爺他都能保持淡定。然而自從幾個月前秦修塵帶了秦苒回來，經紀人覺得他的底線一而再、再而三地受到挑戰。

是高考狀元就罷了，又是神牌創始人就罷了……

「秦影帝，雲……雲光財團是怎麼回事啊？」經紀人看著秦修塵，腿有點軟，「小姪女她到底什麼人啊？能讓雲光財團做後盾，我記得小姪女也會程式設計吧……」

經紀人忽然覺得自己一開始沒見到秦苒前，對秦苒不符合實際的猜想實在太荒謬了。還覺得秦苒會抱秦家大腿……

想到這裡，他不由得摀臉。

雲光財團，亞洲大老等級的財團，還能插足演藝圈言昔的事情，經紀人覺得江山邑在其中絕對是個管理級的人物。

「你說小姪女是不是雲光財團ＩＴ部的人？」經紀人握著手機的手收緊，越想越覺得有這個可能，他的腦子慢慢轉著，「上次我好像聽秦管家提過雲光財團的ＩＴ菁英部門裡每個都是奇才，不知道小姪女在不在裡面，下次見面，多問問秦管家這些事……」

秦修塵長睫微顫，垂下眼瞼。經紀人想到的，他自然也能想到。

不遠處導演在喊秦修塵，輪到他的戲分了，秦修塵應了一聲，表情跟以往沒什麼不同。

這麼淡定？

經紀人拿起手邊冰冷的礦泉水喝了一口，看著秦修塵的背影，風度翩翩的秦影帝……同手同腳……

一直覺得秦影帝分外淡定的經紀人：「……」

他在原地看了秦影帝一會兒，然後忍不住，拿出手機再度滑微博。

風向瞬間轉變得很快，因為秦苒跟江山邑，本就紅得不行的秦修塵流量再創新高，粉絲也成功突破了一億大關。

*

今晚的演藝圈注定熱鬧至極，有人歡喜有人愁。

京城，田瀟瀟家——

溫姊一直沒走，她十分關注網路上秦苒的動向。

江山邑的事情一爆出來，她是第一個知道的，此時正捧著手機坐在沙發上，愣愣地看著。

「溫姊？」田瀟瀟從廚房倒了兩杯檸檬水出來，一杯放到溫姊面前，挑眉：「妳怎麼這表情？」

溫姊忽然想起了田瀟瀟首頁的那首原創小提琴曲，據田瀟瀟所說，那是秦苒幫她改編的，不少音樂人跟電視編曲都看上了田瀟瀟的這首曲子，其中不乏有出五十萬人民幣的，璟影后還親自來找田瀟瀟。這就不僅僅是錢的問題了，其中還有導演跟璟影后的人情……

那時候田瀟瀟也沒有同意賣出版權，讓溫姊不太明白。

「妳知道為什麼言天王當時不讓妳賣出那首小提琴曲的版權嗎？」溫姊抓著田瀟瀟的手。

田瀟瀟被她一抓，手上的檸檬水差點灑出來。她抽出自己的手，抬頭看著溫姊，一邊喝水一邊詢問，問得不緊不慢，「為什麼？」

「因為妳那首小提琴曲，改編、編曲都是江山邑。」溫姊開口。

「是苒苒啊，怎麼會是江山邑？」田瀟瀟想也沒想，反射性地回答。

大概兩分鐘後……田瀟瀟回過神來，抬頭看向溫姊。

「等等……妳說誰？」

「江山邑。」溫姊重複。

「噗——」田瀟瀟一口檸檬水成功噴出來。

《娛樂大八卦》的製片人讓官方帳號撤銷跟田瀟瀟的合約，換成了李雙寧，又蹭了一波熱度之後才收起手機去洗澡。

洗完澡出來，就看到放在桌子旁的手機瘋狂地響著。

他拿著毛巾擦頭髮，走到手機旁，看到電話來自他的上司，整個人一震，立刻接起來。

接起來之後他一句話都沒說，另一頭就劈頭蓋臉地開罵：『誰讓你擅自撤掉田瀟瀟的？江山邑、言昔的討論度還用我說？現在網友全都來罵我們節目組不說，還得罪了田瀟瀟，你去跟她道歉，她明天要是不上直播，這個節目也不需要你來做了！』

說完，也沒給製片人回答的機會，直接掛斷了電話。

製片人嚇得把毛巾扔到一旁，拿出手機想要打電話給工作人員，還沒打，就看到微博推送的一則消息——

『演藝圈鬼才編曲江山邑神祕身分爆出……』

他伸手點進去一看，整個人都僵住了……

＊

秦苒不知道演藝圈現在的腥風血雨。她從電梯出來走到外面大路時，接到了林思然等人的好幾通電話。

掛斷電話，她就看到停在路邊的車子。車內沒開燈，能透過昏黃的路燈看到車內清雋的人影。秦苒腳步一頓，她今天提早出來了，並沒有通知程雋，準備從這邊走二十分鐘回去。

她走到駕駛座那邊，一手撐著車窗，另一隻手屈指敲了敲車門。

駕駛座上，靠著椅背不知道在想什麼的程雋在看到她的時候降下車窗，他伸手開了副駕駛座的門，清致的眉睫微抬，聲音不急不緩，「今天早了一點呢。」

秦苒上車坐好，「你怎麼提前來了？」

她繫好安全帶。

程雋把車開到大路上，聽到秦苒的問題，似乎嘆了一聲，然後看著她，白皙的指尖敲著方向盤：「占好前排，好圍觀大神。」

「我能解釋……」秦苒靠著車窗，沉默一會兒，然後抬頭望著車頂。

「專屬神級編曲。」程雋再看她一眼，不緊不慢。

秦苒：「……」

她放棄掙扎。

秦苒拿出手機，微信跟企鵝軟體都有九十九則以上的訊息。

默默低頭翻著微信跟企鵝，大部分都是同學，她一則則回覆。倒是南慧瑤這三個人因為還在實驗室，所以暫時沒有煩她。

兩人回到亭瀾，廚師已經將飯菜擺上桌了。

程木跟程金都已經提前吃完飯了，平時這個時間只有程木在，今天程金卻跟程木一起坐在沙發上等著秦苒回來，直直盯著秦苒的方向，而程木坐在一旁玩手機小遊戲。

程金看了一會兒秦苒，不由得把目光轉向程木。

程木手機上的小人再次死亡，一抬頭就看到程金一動也不動的目光，不由得往後縮了縮：「哥，你看我幹嘛？」

「看你為什麼這麼淡定？」程金也有關注網路上的事，自然也知曉了江山邑。

他前一秒剛跟程雋說完江山邑不簡單，後一秒網路上就爆出江山邑是秦苒……

「你說秦小姐編曲的事情？」程木收回目光，又開了一局遊戲，語氣依舊十分淡定，「有什麼好奇怪的，你不知道的事可多了。」

程木在美洲見識得多，也不是第一次見到秦苒跟雲光財團的核心人物來往。他雖然腦子遲鈍，卻也知道跟這樣的人來往，秦苒至少是雲光財團的核心人物。

別說江山邑，此時就算爆出秦苒是一二九的中級會員，也只能讓程木小小驚訝一下。

被程木鄙視的程金：「……」

＊

比起其他人，此時最難受的就是在學校的秦語。

她縮在被窩裡，手機頁面還停留在言昔的那則貼文上。

言昔的那則貼文已經有了一百二十五萬的留言。

秦語看到的時候，腦子一片空白。她的牙齒死死咬著唇，忽然想起高中的時候，學校有傳言秦苒送了林思然一箱言昔的絕版專輯……

那時候秦語只認為是秦苒弄來的盜版光碟，那網路上有一大堆，所以沒有在意，眼下想起來，處處都是疑點……

原來……原來秦苒就是江山邑？

那說秦苒抄襲江山邑……簡直就是滑天下之大稽了。

江山邑幾年前就是圈子裡的一道豐碑，是音樂圈的一個時代，秦語怎麼樣也不會把江山邑跟秦苒連在一起，兩人的年齡差距太大了。

秦語看著這則逐漸往一百三十萬上升的微博留言，還沒看出什麼，手裡的手機瞬間響起來，是秦四爺手下的電話。

她抖著手，連忙按下接聽。

秦四爺的手下說得十分簡單，只問她能不能連絡秦苒，秦四爺想要見秦苒，還許諾了一堆好處……

秦語愣愣地掛斷電話。

這個時候終於知道搬石頭砸自己的腳是什麼感覺了。

她只想讓秦苒毀於一旦，誰知道最後沒毀了她，反而讓她平步青雲。再度返回ｑｒ的個人頁面，粉絲已經瘋狂漲到了一千九百萬……

＊

上次《偶像二十四小時》秦苒就紅了一波，這次因為江山邑的事情幾乎席捲了整個演藝圈，就連兩耳不聞窗外事的葉學長都知道了。

「小學妹，妳也太厲害了。」實驗室內，葉學長接過秦苒幫他測算的資料，不由得開口。

秦苒抬頭看他一眼。

廖院士把刻刀放下，也朝葉學長看過來。

「廖院士，你可能不知道，小學妹不僅物理厲害，還是一個神級編曲家，微博粉絲有兩千三百萬，在音樂界的地位大概跟你在研究院差不多。」葉學長想了想，認真地道。

聞言，左丘容抿了抿唇，沉默地把實驗器材拿到一旁，沒說話。

廖院士對這些沒有概念，但聽葉學長這麼說，不由得多看了秦苒一眼，很意外。

研究院的人專心於研究，像廖院士，參加祕密研究的時候，會被關在荒漠基地待上兩三個月，與各種研究為伍，是普通人想像不到的空間。

別說看微博了，連跟家人連絡的時間都非常有限，習慣了這樣的生活，研究院真正做研究的人大多都不會關注演藝圈的事情，偶爾會看電視，但廖院士這種人會覺得連睡覺都是浪費時間，一生致力於實驗室跟各種研究。

葉學長雖然也是研究狂魔，他雖然還沒到廖院士這個位置，但跟左丘容一邊忙著航太推動器的專案，一邊忙著廖院士的研究，每天回家腦子裡都是實驗室。會知道這件事還是點進了大學宿舍群組，看到幾個室友在討論學校的小學妹。

葉學長本來只是隨意看看，卻沒想到看到了熟悉的名字，正是秦苒。爬完了所有留言，葉學長才知道自己這位小學妹有多厲害。

「小學妹，妳是真的為了理想才來研究院的吧？」葉學長站在秦苒身邊，不由得感嘆。

基層研究員的薪水太低了，葉學長認識的一些基層研究員教授有不少都迫於現實，轉行去做了其他事，大多是為了夢想留下來的。

研究技術人員這條路，除非走到了廖院士這種地位，不然都沒有外面的人想得那麼好過。一個研究完成後，獎金分發下來也只是杯水車薪。

秦苒聞言，手中的動作停了一下，她偏頭看著葉學長，似乎思索了一下，才輕聲道：「我沒他們那麼偉大。」

她收回目光。

葉學長站在原地，看著秦苒的背影，覺得疑惑。

秦苒說的是什麼意思？

「他們」是誰？

＊

接下來的幾天，秦苒都待在物理實驗室，程木中午會送飯過來，所以她也不去食堂，避開了京大到處肉搜她的大隊人馬。

物理實驗室裡也有認出她的人，但大部分都忙於研究，沒有外面那群粉絲們那般恐怖。

時間轉眼到星期六。

秦苒忙碌了一個星期，今天終於休息了一天，去雲錦社區見秦陵的老師。

程雋把車開到秦漢秋家樓下，秦苒卻沒讓他一起下來。

秦苒解開安全帶，一抬眸就看到程雋疏冷的眉眼，正一動也不動地看著她，也沒什麼表情，莫名讓人覺得壓力大。

「秦管家也在，」秦苒瞥了程雋一眼，「你這張臉是京城各大家族的通行證吧？」

「我十六歲之後待在京城的時間不長，秦管家不認識我。」程雋咳了一聲，回得慢條斯理。

秦苒不信，她直接打開副駕駛座的門，然後「砰」一聲關上，最後彎腰，屈指敲著車窗，示意程雋降下車窗。

「程家太子爺，秦管家會不認識你？」秦苒手撐著車窗，臉上露出了散漫的笑，又伸手不緊不慢地指了指腦袋，「我雖然忙著研究專案，但腦子還在。」

「行，」程雋將手臂放在方向盤上，清冷的眉眼像是揉碎的星光，聞言失笑，「妳說認識就認識，下午要走時提前傳訊息。」

秦苒收回手，往後退了一步，一邊朝大樓走，一邊朝背後隨意地揮了揮手。

等她的背影消失在大樓裡，程雋才收回目光，把藍牙耳機戴上，伸手撥通了一個隱藏號碼。

與此同時，秦苒已經走進了大門。

她在大門口停了一下，才往後看了一眼，沒過幾秒，就看到程雋的車開走了。

她這才走到電梯前，隨手按了電梯按鈕。

今天是星期六，人沒有很多，她沒等太久，電梯門就開了。

剛進電梯，口袋裡的手機就響了一聲。秦苒拿出手機看了眼，是常寧。

她數著電梯樓層，直接接起，「什麼事？」

手機那頭，常寧還在自己家，正從樓上往下走。

『剛剛何晨傳來訊息，有一張單，五十倍傭金，妳接不接？』

「叮」一聲，電梯到達。

秦苒從電梯上下來，沒立刻進屋，而是往樓梯口走了幾步，回得乾脆俐落。

「不接。」

常寧在大廳裡轉了一圈，然後淡定地打開冰箱門，從裡面找了找能吃的東西，語氣不緊不慢：『委託人，程雋。』

常寧不記得其他事情，卻記得在雲城時，何晨跟他說過秦苒破例接的第一單，就是程雋這個委託人。

秦苒一頓。

她靠著牆，沉默半晌：「傳過來。」

『接不接？』常寧問。

秦苒按著太陽穴，徹底服氣，「我先看看。」

她怕查自己。

『喔，』常寧找了半天，只找到了一包麵，『沒問題就預設妳要接了，資料我讓何晨先整理好，一個小時後傳給妳。』

兩人掛斷電話。

秦苒在樓梯旁站了半晌，才往回走。

秦漢秋家客廳——

秦管家跟庫克老師早就到了，今天星期六，難得讓秦陵放了一天假。

庫克老師跟秦管家在沙發上聊著，秦管家對庫克十分小心翼翼。

外面門鈴響了一聲。

秦陵的房門沒關，聽到聲音他立刻跑出來，像旋風一樣打開大門。
「是他姊姊來了。」秦管家也站起來，看向大門，眉眼含笑。
庫克的中文很好，跟秦家一家人的交流幾乎沒有阻礙，聽到秦管家的話，他不由得抬頭看向門外。來秦家這麼久，他不是第一次聽到秦家人提起秦陵的姊姊，對這位神祕的姊姊好奇已久。
秦陵無疑是個好學生，庫克老師也感嘆於他的天賦，此時還是第一次看到秦陵做出小孩子的行徑。
庫克目不轉睛地，想要看看秦陵的姊姊。
秦陵開了門，從外面走進一個穿著米色大衣的女人，手裡散漫地拿著圍巾，清瘦高挑，眉眼精細漂亮，目光冷淡，隨著她的步伐，一股銳意撲面而來。
「老師，這是我姊姊。」秦陵轉身抬了抬下巴，向庫克介紹秦苒，一雙眼睛非常亮。
秦管家也為秦苒介紹，語氣十分尊敬：「小姐，這是庫克老師，六爺在美洲找來的十分厲害的老師。」
說到這裡，秦管家頓了頓，不知道秦苒知不知道美洲的事……
然而，庫克老師卻沒有反應，只目不轉睛地看向秦苒。
秦管家側身，疑惑，「庫克先生？」

第二章　天賦卓絕

「庫克先生，你好。」秦苒禮貌地跟庫克打招呼。

大廳內，阿海跟阿文也站起來，恭恭敬敬地叫了聲秦小姐。

「沒事……」兩人一開口，庫克回過神來，卻沒有收回目光，「我見過妳。」

房間有暖氣，秦苒正在解開外套的釦子，一邊在想一二九委託的事，聽到這一句，她抬了抬頭，倒是疑惑。

「你見過我？」

她向來過目不忘，見過的人不說一定記得名字，但一定會有印象。但面前的庫克，她腦子裡沒什麼印象。

「庫克先生，您一直在美洲，怎麼可能見過秦小姐。」秦管家看著庫克先生。

秦漢秋從廚房出來，聞言，眼前一亮，聲音帶著興奮：「庫克老師，你是不是也看電視，你也會上網吧？苒苒現在在網路上比明星還紅，你肯定在網路上看過影片或者照片。」

「明星？」庫克意識到盯著人看不禮貌，他收回目光，搖頭，「我應該不是從網路上看到的。」

他剛來京城，還不習慣國內的網路使用方式，用的還是美洲的搜尋引擎，很少看到國內的新聞。再加上平常除了幫秦陵上課，就是準備雲光財團的筆試。

秦苒跟秦陵坐在左邊的沙發上。

「那你在哪裡看到的？」秦管家端起茶杯，他看向庫克，庫克不像是開玩笑。

庫克沉默片刻，「去年年初在美洲的一場交流會，當時就在陸先生身邊……」頓了頓，又看向秦苒，「您現在在哪裡高就？」

秦管家的眉眼溝壑明顯，「秦小姐現在在京大物理系上課，十分厲害，你怎麼可能會在美洲交流會上見過秦小姐。」

依庫克的身分，參加的交流會一定是聚集了人才濟濟的工程大師。

「物理？」聽秦管家這麼說，庫克少了些懷疑，「那應該是我記錯了……」

「庫克先生，你在雲光財團的面試還順利嗎？」秦管家轉了話題。

庫克拿起茶，似乎還在思索，聽秦管家問起這個，他回過神來，禮貌地回：「資料已經投出去了，我還在等履歷通過通知，我希望能通過。」

說到這裡，庫克忽然打起精神，棕色的眼睛亮起。

秦苒手上拿著茶杯，側身看著秦陵玩遊戲，聽到雲光財團，她抬眸，瞥向庫克。

「面試？」

秦管家替庫克先生介紹，「小姐，妳可能不知道，庫克先生是國際高級軟體工程師，特地來京城雲光財團總部，想要進雲光財團ＩＴ核心，他的偶像是雲光財團大老團隊的人，不過庫克先生，你一定能通過。」

聽著秦管家的話，庫克搖頭，他失笑：「核心團隊可不是那麼好進的，我也只有三成把握。」

「這麼誇張？」秦管家震驚了。

軟體工程師也分等級，軟體技術員、助理軟體工程師、軟體工程師、高級軟體工程師，能有國際高級軟體工程師這個稱號的人不多。

庫克就算在美洲ＩＴ界也十分有名氣，這是秦管家等人這麼尊重庫克的原因之一。

「秦管家，現在都知道 poppy 大師回來了，有無數工程師想要擠到雲光財團內部，庫克先生說的一點也不誇張。」對面的阿海搖頭，「現在的搜尋引擎都智慧化，幾乎全球統一用了大師的人工智慧管理模式，光是 poppy 這個名字，就能引起ＩＴ界的國際高級軟體工程師前赴後繼。」

「沒錯，」庫克嘆息，「這次是雲光財團內部三年來第一次招人，就我目前所知，至少有十個來自全世界各地的國際軟體工程師。」

「全都是國際級的？」秦管家一臉震驚。

全球能達到國際級的軟體工程師只有那麼幾個吧？

「那是有 poppy 大師跟陸大師的頂尖團隊，庫克先生您一定要進去，」阿海看著庫克，神色激動，「要是能見到 poppy 大師，一定要幫我要個簽名！」

秦苒聽到後面就沒聽了，垂著眉眼，慢悠悠地喝著手裡的茶。

另一隻手不由得拿出手機，傳了則訊息給鄰居——

『**團隊要招人？**』

鄰居一向很忙，三分鐘後回了一句——

『**有人跑去學物理了，缺人。**』

秦苒咳了一聲，不敢再回。

鄰居傳完這一句，中間停了一會兒，又傳來一句——

『用妳打廣告效果很好，好多人投履歷，妳要篩選一下嗎？』

說完也不等秦苒回，直接傳了一個壓縮檔過來。

秦苒下載完，也沒在客廳看，而是去了秦陵房間，拉開電腦前的椅子坐下，翻看收到的簡歷。

能被工作人員初步篩選出來的都是國際高級軟體工程師，秦苒大致看了看，三十一個人……世界各地的都有。

客廳裡，秦管家等人還在聽庫克說ＩＴ界的事，他們都沒有注意到秦苒跟秦陵離開了，他們全身心都在雲光財團頂尖團隊的事情上。

不到一個小時，到了吃飯的時間。

秦漢秋端著一鍋湯出來，他叫一行人坐到餐桌旁，阿文、阿海等人前去端菜。

看到秦苒出來，秦漢秋立刻詢問，「小程怎麼又沒來？」

「他有事。」秦苒抬眸看了秦漢秋一眼，面不改色地開口。

秦漢秋一直很信任秦苒，聽到這一句，也沒任何懷疑，而是感嘆，「當醫生好忙。」說完，又去廚房端了一盤菜出來。

秦漢秋的廚藝又得到眾人的一致好評。

吃完飯，庫克老師帶著秦陵回對面上課。秦苒沒有立刻走，而是坐在沙發上等著何晨傳程雋的委託過來。

沙發上，秦管家正在跟秦漢秋說話，口袋裡的手機忽然響了一聲，他拿出來一看，看到上面顯示的電話號碼是四爺，瞳孔一縮，渾濁的眼眸深處染上了一層微不可見的戾氣。

他看著手機半晌，沒有接聽。

電話自動掛斷了。

秦漢秋又端來一碗甜點，「秦管家，你沒事吧？」

「沒事。」秦管家回過神來。

秦漢秋看不出什麼，點點頭又回到廚房繼續整理他的碗碟。

沒過一分鐘，秦管家的手機再度響起。

秦苒抬眸，「秦管家？」

秦管家回過神來，他朝秦苒笑了笑，然後拿著手機去門外接電話。

接完電話回來，秦管家的眉宇裡是掩蓋不住的晦氣。

「您沒事吧？」秦苒低頭看了看手機，何晨已經把程雋的委託傳過來了。

秦苒也沒立刻看，而是將手機塞回口袋裡，抬眸看著秦管家，眉宇間碎影流光。

「沒事，只是公司的一點小問題。」秦管家抬頭看著秦苒，笑得和緩，臉上看不出半點晦澀。

秦苒一頓，她看得出來秦管家不想跟她說，也沒說話，手撐著沙發站起來，語氣淡漠：「那好，我先回去了。」

「妳要走了？」秦漢秋拿著鍋鏟從廚房出來。

秦苒走到門邊，正穿上自己的大衣，聽到秦漢秋的話，她側過頭，眉眼散漫：「嗯，我還有事。」

秦漢秋知道她現在在忙什麼物理專案，就送她到門外，沒有多留。

門關上，秦漢秋繼續去廚房洗洗刷刷。

秦管家坐回到沙發上，臉上的笑容漸漸收起。

「秦管家，您怎麼不跟秦小姐說實話？您這樣……」阿文坐在秦管家不遠處，他看了眼廚房內的秦漢秋，不由得壓低聲音。

「說實話，我怎麼跟她說？說秦家現在不行了，四爺知道了小少爺，讓他回去參加繼承人的考核，如果不通過，嫡系一脈永遠就永無出頭之日？告訴她，我們無能，不但讓四爺查到了小少爺，還讓整個嫡系一脈陷入兩難之地？」秦管家搖頭，苦笑。

「秦家現在這樣，怎麼敢拿到她面前……」秦管家知道自己一開始的態度就不好，秦苒到現在也只認秦修塵一個人，他自認沒這個臉，「六爺之前特地叮囑過我，秦家出了什麼麻煩，不要告訴小姐，她現在好好做物理研究就好。這件事有我跟六爺煩惱就夠了，就算說給她聽，又有什麼用？也只是多一個人煩惱。」

秦修塵拍完《偶像二十四小時》、回到京城的當天晚上就跟秦管家提過這個，秦管家也一直記在心裡。最近一個星期，秦管家也聽秦陵說過秦苒一直在忙著研究。

阿文聽完，只看了看秦管家，輕嘆一聲，沒有再說什麼。

秦管家的臉沉下來，眸色嚴肅，「現在最重要的是小少爺，還有一場硬戰要打，庫克先生也說了小少爺很有天分，萬一通過四爺出的難題，在這期間最重要的是保護他的安全，四爺可能會動手。」

「四爺會讓小少爺通過測驗？」阿文搖頭，對方看上去沒有那麼好說話。

眼下最重要的不是秦苒的事情，而是秦四爺會怎樣刁難秦陵。

秦陵最近半個月的培訓才是重中之重，秦管家想到這裡，低頭看了看手機，手機上已經收到了對方傳過來的新標準。

秦家主要攻略的是國內ＩＴ界，向來都是嫡系一脈技術達到標準的人能成功晉級，秦四爺那邊一定會在這方面動手腳。

秦管家看了看對方傳來的標準，然後打開客廳的門，去了對面。

對面，庫克家的大門沒有關，他正在客廳教秦陵開發資料庫。

「秦管家，」看到秦管家，庫克抬了抬頭，詫異地詢問，「您有什麼事情嗎？」

秦管家看了眼秦陵，沒立刻說話，意思很明顯，庫克意識到秦管家是有話不能當著秦陵的面說，就放下手裡的書，跟秦管家一起走到門外。

「庫克先生，您看看這個，」秦管家把手機上的新標準拿給庫克先生看，「小少爺能夠達到這個標準嗎？」

庫克先生接過來，沒有馬上回答，而是慢慢思索。

時間在半個月之後，一月初。

秦管家盯著他，垂在兩邊的手緊緊握起。

半晌，庫克先生把手機還給秦管家，棕色的眼睛倒映著光。

「他能通過。」

「能通過？」秦管家的瞳孔微微放大，萬分驚喜，蒼老的身軀也微微顫抖，「您說的是認真的嗎？這麼高的標準……」

「不，您聽我說，」庫克先生搖頭，他看著秦管家沉吟了一下，才道：「小陵不僅僅是天才，他的底子打得很好，我猜他從小時候就有人有意識地培養他，這種標準對他來說是有挑戰，但透過我有致的訓練，也不是特別難。我想問問……他背後是不是有個厲害的人？有沒有給他看過什麼書籍？」

怎麼培養他的？

秦管家一愣，他對秦陵的成長一無所知。

「您說他小時候就有人有意識地培養他？這不可能。」

秦陵的成長環境他看過，秦漢秋就不說了，秦陵母親一家人都是太過勢利、見錢眼開的普通人，誰會有意識地培養秦陵？

「沒有嗎？那倒是奇怪。」庫克顯然很疑惑，「他的思維……」

跟秦管家交流完，庫克就回到客廳繼續教秦陵資料庫。

而門外，秦管家因驚喜發熱的頭腦很快就冷靜下來，他拿出手機打了一通電話給秦修塵，跟秦修塵報告秦陵的這個喜訊：「四爺一定不會想到！」

秦修塵那邊也十分意外。

說完之後，秦管家才表達了自己的疑惑，「庫克先生說有人在小少爺小時候開始就下意識地培養他，可真奇怪，真的有人培養他嗎……」

手機另一頭的秦修塵正在翻劇本，聽到這一句，修長的手指停在劇本的某一頁，沒有動。

他想起秦漢秋跟他說過的話，秦陵小時候經常跑到秦苒的學校看她。

在雲錦社區，兩姊弟也經常一起在電腦旁做事。據秦漢秋的說法，秦苒還送過秦陵不少書。

以前秦修塵是真的以為兩人湊在一起都是在研究遊戲，畢竟秦苒錄給秦陵的遊戲影片，秦陵也給秦修塵看過，可現在……又想到經紀人跟他說過的話，秦修塵意識到那個有意識培養秦陵的人，應該就是秦苒。

＊

秦苒並沒有連絡程雋，她離開雲錦社區，就叫了一輛車去黑街。

一二九前的十字路口。

秦苒下車，戴上風衣的帽子，又將圍巾拉高，直接進了一二九的大門。

今天剛好有時間，她是來查秦家的事情，正好看看程雋委託的詳情。

她進了電梯，一邊傳她來了的訊息給常寧，一邊翻著何晨傳給她的大概資訊。

秦苒一目十行地看完，目光停留在最後一行——

『七二二。』

叮——

電梯門打開，秦苒站在電梯裡，遲遲沒有出去。

早就在電梯門外等的常寧一邊扣釦子，一邊開口：「妳沒事吧？」

「沒。」秦苒搖頭，出了電梯。

「看到何晨傳的內容了吧？」常寧帶秦苒往辦公室內走，他打開門，讓秦苒先進去，「當初七一二事件是妳親自封鎖的，這委託指名要妳接，就算沒有指名，其他人也接不了。」

常寧走到辦公室裡的休息室，倒了兩杯咖啡出來，指著沙發，「坐。」

秦苒坐到沙發上，視線在辦公室轉了一圈，沒回答，只問：「有其他電腦嗎？」

「沒，妳要查什麼直接去查。」常寧翹著腳喝咖啡，抬起下巴指了指辦公桌上的電腦。

秦苒也不跟他客氣，直接打開電腦查秦家跟陸家的資料。

常寧看了她一會兒，不由得挑眉：「我電腦的密碼對妳來說是假的？」

秦苒頭也沒抬：「怎麼了？」

常寧有點佩服，「那是我剛換的密碼。」

「……下次我會注意。」秦苒慢條斯理地回答，繼續瀏覽一二九的資料庫。

五分鐘後，秦苒瀏覽完所有資料，才若有所思地戴好圍巾，出門。

她站在電梯前，一手把圍巾往上拉，一手拿著手機點開陸照影的大頭貼，回了他一句——

『你們下個星期有時間嗎？』

電梯門打開，秦苒走進去後按了一樓。

與此同時，對面的電梯恰好此時到達，正緩緩打開，裡面站著一道纖細的身影。

「歐陽小姐，這邊請。」電梯門外，工作人員微微彎腰。

歐陽薇把目光從對面的電梯收回來，微微側過頭，有禮貌地看向工作人員。

「剛剛老大這裡有客人嗎？」

「我不清楚。」工作人員搖頭。

歐陽薇頷首，不再詢問。

電梯門關得有些快，歐陽薇只看到那個人模糊的背影，似乎有些眼熟。

＊

秦苒叫車回去亭瀾，此時程雋跟程溫如一行人都坐在一樓客廳。

「聽程金說你在煩惱一二九？」程溫如抬手看了看手錶上的時間，快三四點了，秦苒還沒傳訊息過來，她抬眸看了看程雋，恐怕是被拋棄了。

但她不敢問程雋。

程雋伸手摸出了一根菸叼在嘴裡，漫不經心地「嗯」了一聲。

「有頭緒了？」程溫如看向他，挑眉。

程雋沒回答，從樓下上來的程金聽到程溫如的問話，不由得搖頭。

「沒回覆，不過看樣子很難。」

「雋爺的話，應該沒那麼難吧？」李祕書坐在另一邊，他推了一下鼻梁上的眼鏡，微微偏頭。

他知道的不多，但也明白程雋背地裡是有勢力的，光是取之不盡的錢就是個疑點。

「你知道他指名的接單人是誰嗎？」程金幽幽地看了李祕書一眼。

他這麼說，李祕書跟程溫如都有預料到一些，李祕書沉默了一下，「該不會是哪個元老吧？」

程金坐到李祕書身邊，幫自己倒了一杯水：「不僅是哪個元老。」

這麼一說，不用猜就知道是誰。

程溫如交疊雙腿，幸災樂禍地看向程雋，「那就難了，聽說孤狼上一次接單還是去年吧？比你一個月一次的手術還難預約，你要不要去找歐陽薇？」

程雋抬眸看了眼程溫如，表情不冷不淡，手中慢條斯理地把玩著打火機，就是沒點火。

看他這樣，程溫如的面色也嚴肅起來，「這種事找內部人員比較好，你要查的事情應該很重要吧？歐陽薇現在是一二九的潛力股，她向來有手段……」

一句話沒說完，就看到程雋抬頭看向她背後。

程雋這個表情……程溫如有些僵硬地看了看背後，立刻閉嘴。

秦苒一手把鑰匙放在櫃子上，正在換鞋，表情看不出有什麼變化，挺淡的。

程雋不動聲色地把菸拿下，隨手往後一拋，很準地落到沙發後面的垃圾桶。

他往旁邊坐了一點，為秦苒讓了個位置，一邊伸手倒一杯茶，微微側身，把茶杯遞給她，清致的眉挑起：「怎麼不打電話給我？」

冰涼的指尖碰到她的手。

「麻煩。」秦苒靠著沙發，她喝了口茶，「你們剛剛在說什麼？」

程溫如低頭，不敢出聲，只用眼神示意李祕書。

「說到歐陽小姐，」李祕書連忙開口，「秦小姐，您一直忙著做實驗，可能不知道歐陽小姐。她是圈子裡唯一一個一二九會所的中級會員，去年一二九只招收了一個人，聽說題目還難到變態，只有她考上了，之前又升到了中級會員，十分厲害。雋爺正好有件事，程總就讓雋爺連絡歐陽小姐……」

李祕書提起歐陽薇這個人的時候，也不得不佩服對方的手段。別說李祕書，就算是程溫如，也很欣賞那個歐陽薇。

聽著李祕書的話，秦苒想起歐陽薇這個人，當初在雲城的時候，就聽程木他們提過好幾次，中間也斷斷續續地聽過。

常寧選會員都是從各方面綜合考量的，能被常寧等人看中、招進來，還能在短時間內升到中級會員，歐陽薇的能力確實不弱，能被這麼多人看好也不意外。

秦苒拿著茶杯，慢慢思索。

對面的程溫如看到秦苒不說話，她側身看了李祕書一眼，示意他閉嘴。

「苒苒，妳竟然就是言昔的那個編曲家，」程溫如本來是想轉話題的，但一提到這件事，她整個人就亢奮起來，「妳是怎麼做到的……」

秦苒收攏思緒，聽程溫如提起這個，她不由得按了一下太陽穴，又說了幾句之後，立刻回到樓上。

樓下，程溫如意猶未盡地繼續跟程金等人聊這個話題。

＊

秦苒進了房間，把外套隨手掛到櫃子裡，又打開筆記型電腦。

電腦的主要頁面是一片望不到邊際的藍色天空。

秦苒幫自己倒了杯水，拉開椅子坐到電腦前，伸手按了幾個鍵，顯示出社群帳號。

她登入進去，又點開陸知行傳給她的簡歷列表。

三十一個人，除了幾個特別出色的，其他人都差不多，要選二十個人筆試。

秦苒看完了所有資料，特別看過庫克的。他的簡歷很漂亮，主要是活得自由，還參加過國際大大小小不少比賽，看到他，秦苒也詫異，秦修塵確實很有手段，竟然能從美洲把庫克請到國內。

看完所有資料，秦苒最後確定了二十人，直接傳給陸知行。

傳完之後，她退出社群帳號，坐在椅子上想了想，又重新按了幾下鍵盤。桌面上的藍色天空瞬間消失，重新覆蓋上全黑色的編輯器頁面。

她喝了半杯水，看著螢幕，修長的指尖敲著鍵盤，敲出一串串指令。

黑色背景，白色代碼，電腦右下角很快就彈出一個綠色的進度條，顯示——百分之二十九。

秦苒輸完了所有指令才停下手，她靠著椅背，慢吞吞地拿起杯子，微微瞇著眼看進度條。

進度條緩緩往前，在百分之五十一時更加緩慢了。

擺在桌子上的手機忽然響起，秦苒側頭看了看，是常寧的電話。

她頓了頓，然後伸手接起來。

『妳又在攻擊我們的系統？』電話另一頭，常寧站在落地窗邊，按著額頭頭甕地說。

秦苒：「……」

一二九的防禦系統是她自己做的，她自己都攻破不了，所以之前每次查資料，她都會讓常寧代查。

最大的突破就是超越自己，攻擊一二九系統這種事，秦苒也不是第一次做了。

常寧聽她不說話，大概就知道自己猜對了，他一時間也不知道該哭還是該笑，『妳……孤狼大神，請妳注意點，技術部那群孩子剛剛都被嚇到了。』

一聽到一二九被攻擊，還被加了個補丁，技術部那群人立刻驚慌地打電話給常寧。

「抱歉。」秦苒拿著杯子，開口。

『妳下次低調點，別嚇到他們。』常寧倒是習慣了，一二九的系統本來就是秦苒免費贊助的，別說其他駭客，就算是秦苒自己也攻不進來，『什麼時候成功了，再升級一下系統就行。』

每天想攻入一二九總部系統的駭客不止一兩個。

聽說今年的黑帽子大會，就是一群駭客將一二九的系統當目標。

常寧也跟秦苒討論過，秦苒的駭客技術沒話說，她經常嘗試攻擊系統，不只是為了突破自己，也是為了搶先其他駭客找到漏洞、升級系統，只是這次她的動作大了點……嚇到了幾個新來的人。

秦苒換一隻手拿手機，右手敲了幾個按鍵，撤掉攻擊，「我本來是想試試查一個人。」

『誰？我幫妳傳資料。』常寧挑眉，走到自己的電腦桌前打開電腦。

是歐陽薇。

「沒什麼，不想查了。」秦苒靠著椅背，「沒事，掛了。」

兩人掛斷電話，常寧看著手機半晌，無奈地笑了笑，然後拿起辦公室裡的座機，打了通電話給技術部，告訴他們那是孤狼幹的好事，在測試系統安全。
常寧的本意是想讓技術部的人安心，沒想到聽完，技術部……更瘋了。

*

秦苒剛撤掉攻擊，打開ＩＣＮＥ研究的資料夾就傳來敲門聲。不輕不重的三聲。
秦苒頭也沒回，點開上次的實驗記錄，「進來。」
程雋進來，手上還拿了盤水果，把果盤放到秦苒的桌子上，也沒馬上離開，只是看了看房間，半靠著秦苒的桌子，看了一會兒她電腦上的實驗記錄，頓了頓：「我跟歐陽薇不熟。」
他不緊不慢地開口。
秦苒繼續往下翻檔案，拿著滑鼠的手也沒有頓一下，聲音跟以往沒兩樣。
「也沒說過話，」程雋低頭看了她一眼，淡定地開口，「不像妳，上次那個咖啡館……」
秦苒的手終於頓了一下，抬頭打斷他，「我跟他也不熟。」
程雋本來只是隨意說說，看她這個反應，倒是有了興趣，「是嗎？上次在美洲，程水還跟我說過那誰還能摸妳的頭……」
他扳著修長的手指數了數，神情看起來很淡漠，毫不猶豫地出賣了程水。
秦苒：「……」

遠在美洲的程水，正在電腦上瀏覽郵件，電腦螢幕忽然變得一片黑。

二十分鐘後，被程水找去幫他修理電腦的程火在五行的群組裡傳了張圖片。

程火：『圖片』

程火：『程水竟然看色色的片！』

程木：『？？？』

程金：『什麼類型的？』

程土點開圖片看完，不由得在群組裡傳了個「厲害」的圖片，然後回：『看不出來，程水你這麼斯文，竟然看重口味的片片。』

程水：『……』

＊

秦家總部──

秦四爺坐在書桌前，聽著手下的彙報，臉色微變。

「你說的是真的，那秦陵，真的有此種天賦？」

「千真萬確。」手下低頭。

「難怪……」秦四爺手中的檔案被他捏皺，眉眼極為鋒銳，「難怪秦管家最近看起來不對勁，我以為他放棄掙扎了。」

手下擔憂，「四爺，現在怎麼辦？這秦陵要是成功了，按照規定，總部有百分之十的股份會轉到他身上，我們就更難動他了。」

秦四爺手指敲著桌子，略微思考了一會兒，才道：「你去把秦釗叫過來。」

秦釗是秦家旁支一個天賦出眾的年輕子弟，比秦四爺這一脈的後代更出色。

「您是說……」手下略微一想，就知道秦四爺的意思。

秦四爺不動聲色地頷首。

手下會意，出去找秦釗。

書房內，秦四爺把文件慢慢撫平，他確實沒料到秦陵的天賦，眼下只能動用秦釗……一石二鳥。

秦管家那一脈人沒了秦陵，其他人不足為懼。

沒過多久，手下再度回來，身後跟著一個高挑男人。

「四爺。」男人不動聲色地看了眼書房，微微彎腰，聲音恭敬。

秦四爺手上依舊是那一份文件，眉宇間銳意盡皆退散，看起來平易近人。

「秦釗啊，最近在總部實習，感覺如何？」

「謝謝四爺關心，一切都好。」秦釗頷首。

「下個月可能會多一個人，到時候還要麻煩你帶他。」秦四爺笑咪咪的，看起來對「那個人」十分欣賞，又問了幾件公司的小事，之後沒多說，讓秦釗回去休息。

手下把秦釗帶出書房。

外面，秦釗下了樓，在門口的時候終於腳步頓了頓，壓低嗓音，問：

「先生，四爺剛剛說的多一個人……」

手下遲疑了一下。

秦釗看他表情有異，心中有數，沒立刻追問，而是回到房間，立刻讓人著手調查秦四爺身邊的資料。

他走之後，手下看著他的背影，遲疑的臉色變得冷凝。

「四爺，」手下回到書房，彎腰稟告，「秦釗少爺應該開始查秦陵的事了。」

秦家向來是嫡系一脈的有能者能贏得總部高層的支持，就能坐穩家主位置。

秦氏一脈嫡系死的死、失蹤的失蹤，秦四爺異軍突起，又有歐陽家族的支持，秦家高層很識時務。釗也是旁系這一脈最突出的一人，在沒有嫡系血脈時，他最有希望接任下一任家主的位置。

如今被透漏秦家嫡系一脈即將回歸……

「秦修塵將秦陵的消息藏得很好，若不是秦語，我們也查不到，你讓人把消息透漏給秦釗，機靈點，」秦四爺把手中的筆放下，抬頭，眉眼鋒利，「這秦釗，什麼都好，就是手段太過狠毒，行事過於衝動。這一點倒很像我的風格，不知道這之後……秦修塵會不會放過他。」

說到最後，他笑了笑，低頭重新拿起毛筆，一筆一畫，靜心練字。

第三章　物理界大動靜

星期一，秦苒早上六點半到達實驗室。

她換好防護衣進去的時候，廖院士早就到了，他正低頭在調試感測器。

「妳來的剛好，這是T８—９００對撞機，」廖院士讓出位置給秦苒，又指了一下身側的幾臺電腦，「由十八個配置ＣＰＵ的兩臺控制器控制的閉環電路。」

秦苒把最後一粒釦子扣好，走到實驗室最裡面，抬頭看了看質子對撞機，裡面有大約三百個閉環電路，警報器約六百個，接近兩千的輻射感測器。

她剛進來沒有多久，葉學長跟左丘容都趕過來了。

「小學妹，妳今天這麼早來？」葉學長從隔壁拿了實驗器材過來，看到秦苒，有些驚訝。

秦苒收回看對撞機的目光，眼睫垂下，語氣散漫：「研究有了新方向，來實驗室測試一下。」

「粒子對撞機？」左丘容沒管兩人，她目光轉向實驗器材，語氣驚訝，「怎麼會在這裡？」

對撞機需要的金屬器材十分缺乏，全球數量都不多，這種器材只有研究院有，突然出現在物理實驗室，別說左丘容，就連葉學長都很驚訝。

「研究院撥給物理實驗室的，」廖院士的聲音依舊平緩，看了秦苒一眼，「是你們小學妹爭取來的資源。」

每年實驗室考核，出色的學生都會有獎勵。

聽廖院士這麼一說，葉學長頓了頓，然後看向秦苒，「小學妹，妳今年物理實驗室考核做了什麼？」

秦苒咳了聲，「沒什麼。」

左丘容站在一旁，沒有開口。

葉學長跟秦苒說話時，廖院士伸手扶了下鏡框，看向實驗室內的三人。

「昨天我重新遞交了去地下反應堆的申請，預計這兩天就會下達通知，你們三個準備好。」

聽完，左丘容一愣，「廖院士？」

葉學長想了想，反應過來，手摀在嘴邊，壓低聲音笑，「小學妹，我們這是沾妳的光，能在短時間內看到第二次反應堆。」

他知道，以廖院士對秦苒的看重，這次申請反應堆絕對是為了秦苒。

葉學長剛說完，廖院士就轉身，手放在桌子邊緣，看向秦苒，說了幾句注意事項：「妳好好準備一下……」

左丘容手裡抱著一臺電腦，看到廖院士在跟秦苒說話，拿著電腦的手微微握緊，骨節泛白。

等廖院士說完，左丘容才打開電腦，走到廖院士身邊。

「廖院士，請您幫我看看我的論文，如果沒其他要修改的地方，我就去投稿。」

廖院士放下手邊的東西，接過左丘容的電腦放在一旁的桌子上，慢慢翻看。

左丘容向來有野心，能給廖院士看的內容，自然不會太差，廖院士看完，微微頷首，臉上露出了略微滿意的神色：「這次沒什麼要修改的。」

左丘容終於鬆了一口氣。

葉學長忽然想起什麼，轉身看向秦苒，「小學妹，我記得妳上次也在寫ＳＣＩ論文吧？記得寫完讓廖院士幫妳修改一下，廖院士修改的論文絕對不會被退稿。」

秦苒靠著桌子，認真地把實驗器材整理好，頓了頓，她沒回答，只含糊道：「謝謝葉學長。」

身邊，左丘容聽著兩人的話，只看向秦苒，「小學妹，妳寫快點還能趕上這一季的期刊。」

*

ＳＣＩ期刊物理與化學編輯部。

上一期投稿的論文有大多數已經過了初審，刪掉一大半的文章，負責初審的主編按著眉心，「看不到幾篇有水準的論文。」

身邊的執行編輯去端了兩杯咖啡過來，一杯遞給主編，「大多數實驗結果看不到什麼新意，倒是遣詞造句上用了不少功夫。」

這些發表ＳＣＩ論文的人已經太過追求形式主義，ＳＣＩ論文的評價體系已經摻雜了求勝心。主編跟執行編輯每天都在審稿，大部分論文都是擦邊球，完全是為了發表ＳＣＩ論文而寫，去年發表的論文有百分之二十都未被引用過。

主編接過咖啡，喝了一口，微微頷首，「再看幾篇就下班吧。」

他伸手打開資料夾內的稿子。

這次的文件標題很少見——《壓縮聚變型反應堆》。

主編看到這個標題，不由得按了下眉心，今天他看過不只一個同類標題，近十年，反應堆一直是個話題，但大部分學生的內容不是老生常談，就是華而不實。

他再度喝了一口咖啡，才往下看下去。

「這摘要……」主編立刻把杯子放下，伸手按著眉心，連忙看下去。

不同於其他人的稿件，這個稿件沒有太過華麗的連接詞，但結構完整，邏輯強大，這些都是次要的，關鍵是研究的角度太過獨特。

這實驗……

主編立刻找出附件打開，裡面不僅畫了推動器的構圖，還詳細劃分了好幾個比例的實驗，能源推動……

「利用率百分之五十二……」主編看著最後的這串資料，立刻抬頭，拿起手邊的電話撥了通電話給美洲物理研究院。

期刊跟各國的物理實驗室都是有合作的。

電話沒響幾聲就被接起來了。

「我傳一篇論文給你們，」主編一手拿著手機，一手把資料夾的內容都傳過去，「你們看看這個實驗結果有沒有可行性。」

這些實驗結果，不乏有學生盜用資料，隨意給出一個結果。編輯對這些要求十分嚴謹，不是隨便寫個結果他們就會信。

他的聲音太過緊張，美洲物理研究院接電話的負責人一愣。

『什麼實驗結果？』

「能源轉化率高達百分之五十二，」主編聲音嚴肅，「我們現在對反應堆的研究轉化率最高也就百分之四十二，如果這個實驗能突破，能源研究就有了新的研究方向。」

『百分之五十二？』美洲的人也精神一振，打開信箱將文件存檔，上下掃了一眼，『這到底是哪個實驗室做出的研究？一點風聲也沒有……你等一下，我拿去給教授。』

主編掛斷電話，打開後面的連絡方式，只有一個信箱跟地址，他寄了封郵件給秦苒，一直沒有回應。

執行編輯走到這邊，「你看到什麼論文了？還要研究院去驗證結果？」

主編沒說話，只是把秦苒的論文給他看。

執行編輯看完，整個人有點呆愣，「這要是真的……絕對是我們近幾年收到最有水準的論文，物理界又有新的新聞了。」

主編從口袋裡拿出一根菸，微微頷首，兩人都沒有再說話，到下班時間了也沒走，在一旁等著電話。

隔天中午十二點半，辦公室內的電話鈴聲響起。

主編連忙跑過去，接起電話。一接起，主編就迫不及待地開口：

「結果怎麼樣？」

『我們做了兩次實驗，一次百分之四十九點二，一次百分之五十一點三。』電話那頭是美洲研究院的教授，他的聲音嚴肅，『這是哪個團隊做出來的壓縮研究？你們有他的連絡方式嗎？』

這一期的期刊內容還沒敲定，主編跟執行編輯從昨天晚上加班到早上，又從早上等到現在，精神奕奕，根本看不出疲憊。

每次實驗結果都會因為量的偏差或者各種不可避免因素而有所不同，但就算百分之四十九點二是數值最低的實驗結果，也比百分之四十二高了很多，這在核能上無疑是一個巨大突破。

主編坐在椅子上，呼出一口氣：「具體連絡方式我也不清楚，我已經寄了郵件給對方，編寫者要是回覆了，我立刻告訴您。」

那邊的教授掛斷電話。

主編還坐在椅子上，沒有動靜。

執行編輯看著主編一言不發，不由得從他的座位繞過來，盯著他看也急得不行，「現在到底是什麼情況，驗證的結果到底對不對？」

聽到執行編輯的聲音，主編愣愣地抬頭，茫然地「啊」了一聲，回過神來。

「結果沒有太大的偏差，這篇文章不需要複審、三審，」主編移動滑鼠，點開自己的信箱，一篇一篇查看自己的收件匣，看那個人有沒有回信，「你安排一下，我們最近一期的期刊一類級文章，換成這個！」

「一類文章？」執行編輯抬頭，朝主編望過去。

ＳＣＩ論文也有分等級。半個月出一期期刊，論文分成一類、二類跟三類，還有普通類的論文。

除了文章發表後的影響因數大小，發表前的潛力估算也很重要。

編輯部眼下每次收到的文章，基本上都是普通等級，達到二類、三類的研究論文只占百分之十，至於一類文章，基本上只有那些研究室等級的教授能達到，每個月大概也只能在幾百篇論文中選出一篇。

一類文章會放在封面上，以及在各子類期刊報紙同步刊登，鳳毛麟角，有時候一個月都找不出一篇一類文章，一年出不到二十篇。

一類文章發表後，其影響因數最小也在九左右。

學術界會以ＳＣＩ論文衡量對一個人進行評估，但ＳＣＩ體系也需要一類文章來支撐其權威性。

「對，一類，物理界已經很少有人能突破能源界限了，」主編看完所有的新郵件，都沒有看到那個人的回覆，不由得深吸一口氣，「這篇文章會震撼那些研究狂人跟各大實驗室……秦苒……奇怪，我這裡查不到她的任何消息，是物理界新人？」

主編現在滿腦子疑惑。

他能預想到這篇文章將會帶來的暴動，他卻等不及這個人的回覆了。

「你寫封回信，我們寄過去，」主編直接站起來，看向執行編輯，「用最快的方式！」

＊

這個時候秦苒還在研究自己的核子工程專案，中午的飯是程雋從亭瀾帶過來的，跟南慧瑤等人也只匆忙地回覆研究上的事情，三人都沒有找她瘋狂騷擾關於江山邑的事。

晚上十點半，秦苒才走出實驗室的大門。

程雋看著她坐在副駕駛座上，微微瞇著眼睛，似乎很睏的樣子，就將車內空調的溫度調高了一點，也沒說話，安靜地把車開了回去。

地下停車場，程雋停好車時，秦苒還沒醒。

車內沒開燈，停車場又暗又陰，只有車前的大燈還開著，秦苒的頭靠在車窗上，漆黑的頭髮順著側臉垂下來。

程雋手放在方向盤上，歪著頭看了她半晌。

放在車前的手機亮了一下，程雋的手速很快，在它要響鈴的時候直接拿過來掛斷電話。

他低頭看了一眼，是一個未知的本地號碼。

程雋想了想，輕聲打開車門下去，又把車門關上，確認秦苒沒有醒過來，他才翻出剛剛打來的電話，重新回撥。

「這麼晚了，什麼事？」即使車門關著，程雋也壓低了聲音，他後退幾步，停在柱子旁，目光停留在車窗上，緩慢開口。

手機那頭是一道蒼老的聲音，語速不快，卻很恭敬：『您現在方便來博物院嗎？』

程雋的目光依舊停留在車子的方向，語氣低低的，「現在不行。」

那邊頓了一下，『那您……什麼時候方便？』

「明天上午或者下午，」程雋抬頭，副駕駛座的車門被推開了，他似乎嘆了口氣，「有事明天我到了再說。」

跟手機那頭的人打了個招呼，程雋掛斷電話。

他走到車邊，拉開駕駛座的門，彎腰拔下鑰匙，又把車門鎖上。

秦苒已經下車了，她在另一邊，因為剛睡醒，臉上完全沒有鋒銳的表情，屈指懶洋洋地打了個哈欠，「明天去哪裡？」

「博物院，」程雋走到她身邊，抬眸看了她一眼，「要去嗎？」

要是沒事，秦苒肯定會去的。不過她現在不但有事，事情還不少。

秦苒把手裡拿著的一堆文件換了隻手，輕嘆：「算了，有機會再去。」

程雋沒說話，兩人回到樓上已經到了十一點。程木這個時候自然不在，廚師早就下班了。

秦苒把手裡的文件扔到桌子上，一抬頭就看到程雋轉身去了廚房。

廚房門一開，秦苒就聞到了一股很淡的清香。

她跟著程雋進去，發現對方正站在爐火前，手裡拿著一雙筷子，不緊不慢地攪著砂鍋裡的粥。

他回到家就脫了大衣，裡面的黑色襯衫袖子捲起，露出一截清瘦的手腕。

秦苒走近了一點，垂眸看著白色砂鍋，「真的餓了。」

「廚師留下來的砂鍋，」程雋抬手看了下錶上的時間，「時間差不多了。」

他關火又隨意盛了碗粥，示意秦苒拿勺子，走出廚房。

廚房裡到處都是櫃子，秦苒隨手開了手邊的兩個櫃子都是調味料，又繼續開第三個櫃子，程雋等了一會兒沒看到她，又回到廚房，她還停在一個櫃子旁在翻找。

看她的動作還挺煩躁的。

程雋看她一眼，又笑著走回來。拿著盛好的粥走到她身後，不緊不慢地打開她頭頂的櫃子。裡面放著碗筷還有勺子。

秦苒：「……」

她想起秦漢秋誇程雋的話……現在看來不是假的。

粥有點燙，秦苒坐在飯桌旁，吃得很慢。

程雋坐在她身旁，翻看她拿回來的資料，上面有挺多需要整理的資料，有些部分南慧瑤三個人處理好了，還有些等著秦苒去填。

「你看得懂嗎？」秦苒交疊雙腿，拿著勺子抬眸看他。

程雋翻了一頁，瞥她一眼，不緊不慢地回：「還可以。」

他不是主修核子工程的，也沒學過自動化，但這兩個月，從秦苒考核之前到現在，他每天晚上都幫她填資料，接觸多了，自然就能融會貫通。

「等妳學完，我還能去京大再報考第四個系所。」程雋伸手勾了根筆過來，幫她整理厚厚的一疊文件，語氣漫不經心。

但是挺囂張的。

「你到底學了幾個科系？」秦苒把最後一點粥吃完。

她主修自動化，輔修核子工程，被江院長等人連番拒絕，最後還讓她去考試。

「感興趣的都學了，五六個？還有兩個沒有考證照，」程雋淡淡開口，填完後，把文件放到她手上，「十一點半了，上去睡覺。」

他拿著碗跟勺子去廚房，把碗洗好才出來。

看到秦苒懶散地靠在二樓樓梯口，一雙長腿交疊著，單手環胸，一隻手拿著文件，漫不經心地敲著樓梯扶手，日光燈打在她近乎有些妖異的臉上。

程雋隨手抽了張面紙，慢條斯理地擦著手朝她那邊走，眉眼垂著。

「還不去休息？」

「啊，」秦苒站直身體，她側著腦袋，看著往樓上走的程雋，「我考慮好了。」

程雋的腦子裡還在思索其他問題，但奇異的是，秦苒的這句話清晰地鑽到了他的腦中。

他漫不經心地停下腳步，大概跟秦苒隔了三四步階梯的距離。向來淡定的他，此時也有些不在狀態上，他抬起頭，聲音微揚：「嗯？」

「沒什麼。」秦苒又收回目光，拿著文件繼續慢吞吞地往自己房間走。

程雋頓了大概幾秒鐘，也反應過來。他身高腿長，沒幾秒就跟上了秦苒的步伐，笑著從背後抓住她身前的手：「不是，沒人像妳這樣的。」

秦苒仰頭，語氣很淡定，「有，我就是。」

「行，您說的對。」程雋徹底沒脾氣了。

秦苒抬腿踢開自己的房門，走進去關門之前，又側身抱著一堆文件看向程雋，漂亮的下巴微抬，語氣一如既往：「你從今天開始，可以多一個女朋友了。」

她往後走了一步，抬手關門。

門卻沒關起來。

「我沒具體測試過拳力指數，但也有一千八吧？」他從背後把人摟住，低聲笑了一下，不緊不慢地開口：「撩完就關門，妳是渣女嗎？」

*

星期五。

廖院士提交的地下反應堆申請通過了，左丘容去樓上領了四套特殊防護衣。

九點，廖院士帶著三人到達地下反應堆。地下反應堆的冷氣溫度調得有點低，但空氣裡還是能感覺到悶熱。

幽長的通道很安靜，葉學長跟左丘容都來過，只有秦苒一個人對這裡很陌生。

走了十分鐘，才到達目的地。周圍很暗。

是一個圓形反應堆，半徑約七公尺，外面是圓柱形真空玻璃罩，高四公尺。

廖院士拿著卡，轉身看著三人，聲音透過防護罩聽起來有些悠遠，「進去後什麼都別碰，仔細觀察。」

說完就拿著磁卡刷開玻璃門，帶頭走進去。

秦苒沒有進去，停在門口。

葉學長進去後要跟秦苒說話，才發現她沒有跟上來，往後走了幾步，看到秦苒停在門口的反應堆介紹面前。

「小學妹，妳在看前輩的介紹？」葉學長隨著秦苒的目光看去，刻在石頭上的第一排大字——

『反應堆發現人：寧邇』

後面的介紹葉學長看過，也就沒有再看了。

「上次廖院士介紹過，」葉學長聲音十分尊敬，「聽說是研究院十分厲害的一級研究員，資歷很深，還是帶過廖院士的老師……」

同是一級研究員，資歷上也是有差別的。廖院士是一級研究員中資歷較深的。

秦苒回過神來，她「嗯」了一聲，沒有說話。

周圍環境很暗，秦苒向來都這麼冷淡，葉學長也沒有發現她的表情不太對。

秦苒跟著葉學長一起進去，反應堆中央是紫黑色的物質，像是金屬，卻又沒有絲毫金屬光澤，這就是反應堆中所有人研究到現在，沒有研究出來的特殊物質。中心還有實驗模擬反應。

廖院士帶著他們操作了一遍，才帶他們出去。

三個小時後，四人回到實驗室，廖院士臉上看不出什麼表情，只是語氣有些淡，他側身叮囑秦苒，「上次葉學長他們寫了感想，裡面有很多基礎的東西我就不一一介紹了，妳看看葉學長他們寫的內容，這次的感想由妳代表撰寫。」

說完就沉默地回到最裡面那一層，繼續自己的實驗。

「葉學長，你有記錄表嗎？」休息室內，秦苒看向葉學長。

葉學長換好了衣服，點頭，「有。這次要寫感想嗎？妳等等，我用微信傳給妳。」

「謝謝。」秦苒瞇了瞇眼，眸色淺淡。

她平常動作很快，今天的動作卻極慢，葉學長跟左丘容早就換好了特殊實驗衣，她還沒換好，只坐在休息室的椅子上，半晌才低頭，慢吞吞地扯開防護衣的釦子。

實驗室內，葉學長跟左丘容都坐在自己的電腦前。

葉學長在翻上次的記錄，找了一會兒，側身壓低嗓音：「學妹，上次去反應堆，廖院士說的金屬表妳還留著嗎？」

上次廖院士有很多內容說得很快，葉學長跟左丘容是分開記錄的。

「還在，」左丘容關了論文頁面，「你要嗎？」

她轉身看向葉學長，調出了自己的記錄表。

葉學長點頭，「妳給我一份，小學妹要寫地下反應堆的感想。」

左丘容調出記錄表的手頓住，抿了抿唇，沒再說話。

正巧此時，秦苒拿著自己的筆記型電腦進來，葉學長看了左丘容一眼，眉眼沉了一下。

「廖院士說，這次反應堆的研究感想由我負責。」秦苒一手拿著記錄報告，一手拿著筆，徐徐開口，「葉學長、左學姊，我等一下把名單交給廖院士……」

「不用了，我忙著寫ＳＣＩ論文，沒時間弄這些。」左丘容果斷拒絕，這些感想她上次就寫過了，沒寫出什麼重要的東西。這地下反應堆放了這麼久，連一些教授都沒有研究出來，左丘容不想在這裡浪費時間。

秦苒已經填好了名單，她抬頭看了眼左丘容。

左丘容瞇眼，「妳不會填了吧？」

她直接抽走秦苒手中的記錄表，看到下面自己跟葉學長的名字，拿起桌子上的黑筆把自己名字劃掉，這才抬頭看向秦苒，似笑非笑的：「小學妹，妳剛來實驗室，可能不知道這地下反應堆是什麼，這是研究院德高望重的老前輩留下來的謎題。與其在這上面浪費時間，妳不如把心力放在SCI論文上。」

「學妹？」葉學長終於有些忍不住了。

他站起來，眉目冷淡地看向左丘容。

「左學姊，這個研究結論，我有些眉目。」秦苒看著她手中的記錄表，依舊不慌不忙，十分淡定。

左丘容深吸了一口氣，「妳剛來實驗室，沒那麼大的壓力，什麼都可以出錯，我跟葉學長奮鬥好幾年了，沒時間陪妳玩扮家家酒。既然廖院士讓妳負責這件事，妳就快去寫研究結論吧。」

這些研究感想上次去地下反應堆的時候，廖院士就讓他們寫過，明明知道對他們來說是無用之功，這次特地要秦苒負責是什麼意思？

廖院士就這麼看重她？

左丘容抿唇，自從秦苒來實驗室之後，她就越來越煩躁，隱約也感覺到了威脅。

她把記錄本「啪」地一聲扔到桌子上，又關掉自己的電腦，進去幫廖院士的忙。

空氣有一瞬間沉默。

葉學長看著左丘容的背影，擰了擰眉，將目光收回來，轉向秦苒。

「小學妹，我上次還有好幾個點沒弄清楚，我們一起寫這個研究結論。」

「葉學長……」秦苒側過臉，她反應過來，一時間不知道從何說起。

半晌，她笑了笑，「其實這個研究結論，我也沒什麼把握。」

「沒事，做任何研究都是這樣。」葉學長的心胸寬大，他舉起手機，笑得溫和：「記錄資料我傳給妳了，妳等一下記得看。」

說完後，他拿著手機轉身，也往最裡面的實驗室走。

葉學長走後，秦苒沒有立刻進去，而是從背包裡拿出自己的電腦，打開後放在自己的桌上，接收葉學長傳的記錄資料。

而葉學長剛轉身，臉上的溫和笑意頓失。

他走到左丘容身邊，沉默片刻才沉著聲音開口：「我跟妳說過，學妹有老師了。」

「她說什麼你都信？」左丘容歪頭，嘴角是遮不住的冷笑，「廖院士是誰帶的學生我相信你也清楚，研究院想要做他徒弟的人前赴後繼，秦苒隨便說的一句你也當真？」

她說完，也不管葉學長，直接拿著實驗器材離開。

不遠處，廖院士也終於從思緒裡回過神來，他轉身看向葉學長，表情一如既往地冷淡，「你去傳達室把今天的新聞期刊拿過來。」

「好。」葉學長放下手邊的事，出門去了一樓。

一樓傳達室在大門外的警衛處，有一個一公尺長，三十公分寬的窗口。

「廖院士的期刊在這裡。」警衛把一疊期刊遞給葉學長。

葉學長接過來說了聲謝謝，剛轉身要走，正好看到了擺在左邊一排的一封信。

葉學長看過這個信封，是ＳＣＩ期刊論文回信專用的信封，上面有浮水印的標誌。

因為多看了一眼，他正好看到信封上的署名，正是葉學長熟悉的兩個字——

秦苒。

葉學長拿過來看了看，確認地址是他們的實驗室。

警衛看葉學長拿起了信封，不由得開口：「你認識這個人？」

「啊，」葉學長回過神來，看向警衛，「認識，這是我學妹。」

「那正好，你帶回去給她吧，昨天送信的人還特地告訴我這是一封掛號信，今天再沒有人來，我就要送到地下三層了……」警衛繼續轉回去看電視，嘀咕一聲。

葉學長把白色帶著印花的信封拿在手裡，低頭看了一眼才往回走。

五分鐘後，回到實驗室。

葉學長把期刊放在廖院士慣用的桌子上，又朝四周看了一眼，沒看到秦苒，「小學妹呢？」

「她出去吃飯了。」廖院士走過來，伸手拿起最上面的一本期刊。

「喔，那我應該剛好跟她錯開了，」葉學長拿起另一隻手裡的信封，緩聲道，「我剛剛在傳達室幫小學妹收了一封信，她有一篇論文被ＳＣＩ期刊收錄了。」

ＳＣＩ論文被收錄有兩種回覆方式，郵件跟回信。回信更正式一點，退稿、修稿會直接用郵件回覆，所以會收到ＳＣＩ的信件，基本上就是論文被收錄了，或者其他好消息。

「不知道小學妹的文章在幾類。」葉學長把信放好，有些好奇。

秦苒本人不在，葉學長雖然好奇，也不會拆別人的信件，只強忍著好奇心等秦苒回來。

葉學長的聲音不大不小，不遠處的左丘容聽得一清二楚。她手上按著粒子束的開關，半晌沒有鬆開。

她剛剛才跟秦苒說多花點心力在論文上，沒多久，秦苒投稿ＳＣＩ期刊的回信就來了……

左丘容低頭，微微抿唇，鬆開了手。ＳＣＩ論文也有分等級，有些人寫的論文純粹矯揉造作，沒半點實用的東西，從未被引用過，影響因數是零的也不在少數。

＊

與此同時，一樓電梯打開，秦苒出了電梯，直接走向左邊走廊。

物理實驗室有休息室，不常開放，但秦苒不去食堂吃飯之後，每天中午跟傍晚就只對她開放，程雋大多數忙碌的時候會是程木來。

她推開門走進去，就看到程雋站在窗邊接電話。

藍色的窗簾半開，接近一月分，外面的陽光不是很強，夾雜在呼嘯的寒風中，幾乎感覺不到溫度，他完全被籠罩在光影之下。

聽到開門聲，他稍微側身，逆著光，看不太清眉眼，只有細碎的光影在晃蕩。他漫不經心地對電話那頭說了一句，「兩點到。」

說完，他掛斷了電話。

他朝這邊走來，拉開椅子坐下，慢條斯理地把精緻便當盒裡的碗碟拿出來。

「你今天沒去博物院？」秦苒拿著筷子，懶洋洋地開口。

程雋靠著椅背，瞥她一眼，「本來要去的。」

秦苒先夾了塊排骨，「本來？博物院那老頭沒催你？」

「催是催了，」程雋微微側頭看她，又低聲笑了一下，「我怕我女朋友跑了。」

十二點半，秦苒吃完，程雋把便當盒一一收好，又從便當盒的最底層拿出一個保溫杯給她，「廚師讓我帶給妳的。」

秦苒低頭，隨意接過來。

程雋又拿起外套，兩人一起出門。

秦苒吃飯一向很慢，從走廊出來的時候，正好碰到從樓上吃完下來的廖院士三人。

「小學妹？」葉學長首先看到了秦苒，然後將目光轉向她身側的程雋。

程雋一向氣勢強大，身影頎長，容色骨相都極好，「雋爺」這個稱呼會在圈子裡傳開來也不是沒有原因。

程雋手裡漫不經心地勾著便當盒，他還記得秦苒一開始去實驗室的不愉快，不過良好的風度讓他說不出什麼，只冷淡地朝那三個人略微頷首，又低頭跟秦苒說了一聲才走出大門。

大門是門禁式的。

他也有門禁卡，看守大門的人抬頭看到是他，直接幫他按了裡面的開關。

一行三人或多或少都有些驚訝。

「小學妹，」葉學長收回目光，沒八卦地詢問剛剛那男人是誰，不過也能猜到，能把便當盒帶到這裡的人肯定不簡單，「妳有一封信。」

「什麼信？」秦苒跟他們三個一起去地下三樓。

「就是ＳＣＩ的回信，我幫妳從警衛那邊拿回來了。妳什麼時候投的稿啊？」葉學長按了地下三樓，「這麼快就收到回信了？」

他記得前兩個星期還看到她在寫。

秦苒也詫異，她慢吞吞地收攏自己的外套。

「不知道，運氣好吧，沒壓稿子。」

「妳投的是什麼樣的稿？」葉學長偏頭跟秦苒討論。

到了實驗室，一行人穿好防護衣，葉學長還在跟秦苒說論文的事情，聽他的聲音還有些興奮。

左丘容扣好釦子，直接看向葉學長，「葉學長，你不把小學妹的信件給她？」

葉學長沒聽出左丘容的語氣，想起這件事，「對，我還不知道小學妹妳的論文被分在幾類。」

他走到自己的電腦桌前，拉開抽屜把秦苒的那封信拿出來，遞給秦苒。

「快看看。」

秦苒伸手接過來拆開。

她慢吞吞地把裡面的信件打開，有好幾張紙，她隨手抽出一張從上往下看，是她論文的原文。

站在身旁的葉學長看她這不緊不慢的動作，有些忍不住了。

哪有人開ＳＣＩ論文的信件還這麼淡定？

他伸手把秦苒隨手放在桌子上的剩餘紙張都拿出來，從中間抽出論文分類的紙張：「小學妹，我幫妳看看妳的論文分在幾……」

葉學長挺興奮的，只是話說到一半，忽然停住。

旁邊，左丘容雖然正在整理手邊的實驗器材，耳朵卻一直在聽秦苒這邊的動靜，葉學長半晌沒有說話，她不由得側過目光。

「小學妹，」葉學長舉了舉手中的信，語氣幽幽，「妳知道妳分在幾類嗎？」

秦苒坐在自己的椅子上，重新打開電腦，抬頭看向葉學長，目光清冷。

「一類！」

做研究的人向來淡定，寵辱不驚，葉學長現在卻忍不住激動。他幾步走到秦苒的桌子前，一把將這張紙拍在秦苒桌上，「妳不是說這是妳的第一篇論文嗎？怎麼就直接分到了一類？」

現在物理界都陷入了瓶頸期，每年的研究論文說來說去就是那些，有品質的研究報告越來越少，一類論文更是鳳毛麟角。

能為物理實驗室爭取到資源的人，葉學長覺得這小學妹的第一篇研究論文肯定不錯，但也沒想到直接分到了一類論文。

不遠處，左丘容驚訝得整個腦子都要炸開了。

葉學長還在激動地跟秦苒說些什麼，左丘容卻沒辦法再聽下去了，秦苒不但寫出了ＳＣＩ論文，還是一類論文，想到這之前她還因為自己的論文被廖院士誇獎而沾沾自喜……

左丘容抿了抿唇，直接拿著實驗器材進去。

實驗室裡一向很安靜，葉學長沒控制聲音，待在最裡面的廖院士自然也聽到了。

他知道秦苒的論文被收錄進去了，不過並不在意。廖院士在ＳＣＩ期刊上是有專欄的，他的文章中，影響因數達到十的也有不少。

眼下聽到葉學長說是一類，他也愣了一下。

一類論文，影響因數最少也會達到九，物理是個實事求是的學科，能讓編輯部給大版面去宣傳，這論文至少有些新的東西。

若是以往，廖院士可能會出來看看，只是此時他卻沒時間。

他的螢幕上顯示著對話框。

『廖院士：百分之五十二，你確定？』

他伸手推了下自己的金框眼鏡，原本冷淡的表情也難得帶了些情緒。

對面也回覆得很快：『我把實驗內容傳給你，還有構圖，這個人好像是你們華國人，我剛從美洲研究院找出來的研究。』

『可真行，因為你們，物理界要鬧出新的騷動了。』

回覆完之後，又馬上傳了一個實驗過程過來。

廖院士一手按著眼鏡，看著實驗內容。

這上面大多數都是專門用語，他看得很流暢，很快就看到了最後的實驗論證結果——

『百分之五十二』。

「轉化率過了百分之五十……」廖院士從頭看了一遍，然後猛地抬頭，他把這份檔案列印出來，在反應堆上再次添加實驗。
外面，葉學長感嘆完秦苒的論文就做起了正事。
「小學妹，我們把今天上午的反應堆研究結論寫完吧。」
實驗室裡分成了兩部分。
秦苒跟葉學長在總結研究結論，裡面的廖院士在做百分之五十二反應堆的能源利用率實驗。

晚上十點半，葉學長把最後一份資料傳給了秦苒，「小學妹，我記得妳住校外吧？」
他低頭看了看手機上的時間，「十點半了，妳先回去吧。」
秦苒把電腦闔上，她抬頭望著實驗室的天花板，臉上露出有點煩躁的表情，才把拉鍊一拉，將背包俐落地往背後一甩，禮貌地跟葉學長告別。
「研究結論還剩一點，我明天弄好，星期一再給你。」
兩人道別。
葉學長也沒有馬上走，他靠著自己的桌子坐著，看著玻璃窗外，秦苒已經換好衣服離開了。
她的背影清瘦，就是能看出有點煩躁，是因為之前那亂七八糟的記錄表格。
若不是認真地看著秦苒一點一點把那堆資料整理好，葉學長都有些無法相信她能這麼有耐心。
葉學長收回目光，又捏了捏自己的手腕才往實驗室裡面走。
實驗室最裡面那層，左丘容還在跟廖院士做研究實驗，兩人的表情都看得出來很激動。
「廖院士，實驗有新的進展了？」葉學長看向廖院士。

實驗室裡很安靜，廖院士嘴邊難得帶了一絲笑。

「沒錯，寫出這個研究的人……我去問他們有沒有對方的連絡方式。」

廖院士走到自己的桌子旁拿起手機。

左丘容轉身，她看向葉學長。

「葉學長，你一整個下午跟晚上都在跟小學妹寫研究結論，不知道物理界有了反應堆利用率的新資料，百分之五十二的利用率，裡面對器材壓縮空間進行了修改……葉學長，你錯過了廖院士下午、晚上的實驗過程，真是可惜。」

她的語氣聽起來十分推崇。說完後，她淡淡地看了葉學長一眼。

實驗室內，誰也不想錯過一級研究員的新型實驗研究。然而，左丘容卻沒在葉學長臉上看到半點黯淡。

葉學長越聽越覺得左丘容說的內容有點耳熟，他一連處理了十幾個小時的資料，此時也有些頭暈，捏了捏眉心。

「學妹，妳能不能把那個實驗給我看看？」

左丘容拿了幾張紙遞過去。

葉學長從上往下看了一眼，驗證了自己的想法。

左丘容一個下午沒出來，也不知道出於什麼心態，沒有告訴外面的兩人廖院士手裡有新的研究，廖院士也忙著自己的研究，兩人都忘了秦苒的一類論文。

只有葉學長從頭到尾看完了秦苒的論文。

看完左丘容遞給自己的紙，葉學長的臉色有些怪異。左丘容一直這麼忌憚秦苒，葉學長現在能理解了，小學妹確實可怕。

他看了眼正在拿電話的廖院士，忍不住開口：「廖院士，您不用打電話了。」

廖院士轉頭看向葉學長。

葉學長拿著手中的紙，定定開口：「這個實驗內容，就是小學妹投稿到ＳＣＩ期刊的論文。」

他身邊的左丘容好不容易帶著一點愉悅神色的臉，一點一點地僵住。

*

車上，秦苒靠著副駕駛座的椅背，眼睫垂下，眼下有些淡淡的青色。她上車的時候眉宇間還帶著顯而易見的躁意。

現在倒是消散了很多，垂著的眉眼少見地安靜。

車窗外燈火闌珊，安靜的車內有道手機鈴聲忽然響起。

只響了一聲就被程雋直接按掉，是秦苒的手機，打電話的是陸照影，他想了想，把車停在路邊。又拿著自己的手機下了車，撥了個電話給陸照影。

「什麼事？」他靠著車門，隨手點了根菸，語氣散漫又敷衍。

那邊的陸照影頓了一下，『我不是打給秦小苒嗎？算了，都一樣，你告訴秦小苒，讓她別忘了我們明天早上十點約好要見面。』

「見什麼面？」程雋伸手彈了彈菸灰，抬頭看馬路對面的路燈，神情懶散。

『就我媽，死活都要見她，』陸照影那邊正靠在床頭，腿上還放著一臺電腦。他扯了下自己額前的紫毛，語氣幽幽，『雋爺，說起來你是不是跟我爸說了些什麼……』

從他回京城後，就莫名其妙被陸家人拉回去培訓接班。

程雋走到垃圾桶邊，把菸按熄，挑眉：「沒有，不是我，掛了。」

說完也不給陸照影反應的時間，直接把電話掛斷，然後重新回到駕駛座，發車。

這一番動靜，秦苒也差不多醒了，她靠著車窗，扯了扯身上的黑色毛毯，語氣還帶著一些鼻音。

「是陸照影？」

「是他。」程雋把車開到大路上，修長的手指敲著方向盤。

實驗室到公寓也不遠，秦苒醒了就沒繼續睡，她拿起手機，打開微信。

微信倒是收到不少訊息，有葉學長的、南慧瑤與褚珩他們的，還有高中幾個同學的訊息……

秦苒往下滑了滑，最後停在秦陵的訊息上。

最後一則訊息還是她中午傳過去的程雋螢幕錄影，秦陵還沒回。

秦苒用手指敲著手機螢幕，略微思索。直到下了車，都還有些不在狀態上。

程雋抬手按了一下電梯，看她一眼。

「不是，」秦苒將手機一握，輕輕敲著下巴，不緊不慢地開口：「小陵可能又覺得你菜了？」

時間這麼晚了，沒什麼人，電梯門很快就開了。

程雋繼續看她，沒出聲。

第四章　京城霸主

翌日，星期六早上七點，秦苒起床。

蹲在窗邊的程木聽到聲音，不由得往後看了看，詫異：「秦小姐，妳這麼早就起來了？」

「嗯，」秦苒按了按眉心，走到飲水機旁倒了杯溫水，「我先去一趟雲錦社區。」

「好，」程木去廚房把秦苒的早飯端出來，「雋爺早上六點就去博物院了。」

程雋早上六點就出發去了博物院，冬天冷，他早上起來時沒有叫醒秦苒，只是吩咐程木時間到了，救把她送到陸照影他們約好的地點。

程木以為秦苒要九點才會醒，沒想到她七點就起來了。

廚房還有一份程金的早餐。程金今天沒上班，比平常還要晚起床，程木就把他的那份早餐端給了秦苒。

秦苒吃完，去換衣室穿了件外套，又拿好圍巾出來。

在櫃子旁轉了轉後，拿起一串鑰匙。

「秦小姐，妳今天要自己開車？」程木拿著水壺從洗手間出來，就看到秦苒一邊換鞋，一邊把圍巾掛在脖子上。

秦苒抬了抬眼：「是啊，有問題？」

「可……」程木張了張嘴。

「我走了。」秦苒朝後面懶散地揮了揮手，拉開門出去。

程木剩餘的半句話才吐出來：「可雋爺說妳開車太危險了……」

他看著被秦苒關上的大門，不敢說什麼，只拿出手機點開微信，找出程雋的微信，傳了一句話過去。

傳完之後，程金拖著步伐從樓下上來，直奔廚房。

一分鐘，程金從廚房出來，問程木：「我的早餐呢？」

程木拿著水壺裝死。

*

星期六，早上沒有塞車，秦苒不到八點就站在秦漢秋家的門前。

她扯下圍巾，伸手敲了敲門。

沒幾秒鐘，門就開了。

開門的是阿文，他看到秦苒，面色一變，「小姐？」

他似乎熬夜了，眼睛有些血色。

秦苒「嗯」了一聲，然後看向他身後，「小陵他們呢？」

整間房子安靜得有些不尋常，她微不可見地皺了一下眉。

「是小姐來了嗎？」秦管家立刻從客廳裡出來，臉色看不出來與以往有什麼不同，讓阿文讓到一旁，「快進來，阿文，去幫小姐泡茶。」

他側身，讓秦苒進來。

阿文什麼都沒說，直接去廚房幫秦苒泡茶。

秦苒坐在沙發上，圍巾還掛在脖子上，接過阿文遞過來的茶，冰涼的手漸漸有了些許溫度，「這裡就你們兩個人嗎？」

「二爺出去買菜了，剛走，小少爺跟庫克老師去讀書了。」秦管家笑了一下，眉眼溫和地看向秦苒，「您要留下來吃飯嗎？二爺回來看到妳，一定很高興。」

秦苒沒說話。她只是端著茶杯，低眸看著杯子裡綠色的茶。

周邊的氣氛一下子沉下來，秦管家的表情也一點一點開始崩潰。

就在他要忍不住的時候，秦苒忽然笑了一下，她把茶杯放下，直接站起來：「我就不吃飯了，等一下還要見一個朋友。」

把秦苒送出門，秦管家才靠著門慢慢滑下來，他伸出滿是溝壑的雙手摀住臉，神色有些激動。

「秦管家，您怎麼完全不跟小姐說？」阿文的眼睛發紅。

「六爺要晚上的飛機才到京城，這個時候沒人主持大局，你要我怎麼跟小姐說？」秦管家搖頭，他放下手，眼眶紅了，「你沒聽小少爺說，她現在忙著自己的研究實驗，每天睡不到四個小時……小陵現在還在手術室，情況不知如何，要是被她知道了，她不知道會做出什麼事……」

秦管家再傻，也知道秦苒真正看重的是誰。

此時換成秦漢秋或者秦修塵任何一個人都好，偏偏是秦陵。

連一直老老實實、只想著搬磚的秦漢秋都變得不太認識了，秦管家難以想像，這件事要是被秦苒知道，她會弄出多大的事來。

京城暗地裡的關係牽扯這麼複雜。秦陵這件事，背後肯定是秦四爺在操控，秦四爺背後是歐陽家……

秦管家靠在門上，冷靜了很久才站起來。

「你把電腦帶著，我們去醫院。」

阿文拿了電腦，秦管家直接拉開門。

門外有一道身影，逆著光，秦管家只能感覺到她身上冰冷的氣息。

秦苒伸手把圍巾往下拉，一雙清冷的眼睛看著秦管家，深邃空寂，臉上沒有任何情緒，黑髮靠在眉骨上，極具寒意：「哪間醫院？」

她的神情、狀態太不對勁了。

秦管家不由自主地往後退了一步，「研究院附屬醫院……」

「是你們家那個秦四爺？」秦苒看秦管家一眼。

秦管家的臉色一變，「不是！」

秦苒點點頭，沒說話，轉身直接走向電梯，黑色的風衣劃出一道弧度，眸色凜冽。

秦管家連忙追上去，「小姐，六爺要下午才會回來，妳的安危同樣重要，別衝動行事！秦家嫡系無法再受到打擊了！」

秦管家往前走了一步，擋在秦苒面前看著她，滿是溝壑的臉上帶著祈求，他嘴角囁嚅了一下，

「您最少要等下午六爺回來……」

秦管家這一脈能有今天，都是秦修塵在背後支撐，他雖然是個管家，但手中根本沒那麼多人脈。

事情剛發生，秦管家就連絡了秦修塵，沒有他在，秦管家幾乎就失去了重心。

秦陵這件事，秦管家很清楚，背後肯定有秦四爺，但最後肯定查不到秦四爺身上，就像當初秦家嫡系覆滅一樣……

這幾天他跟阿文等人看得那麼緊，沒想到還是出了事。

秦苒站在電梯門前，沒有說話，她垂著眼睛，半晌才微微抬起頭，那雙平常又冷又黑的眼睛，不知什麼時候染上了一層血色。

她向來懶散又冷漠，這樣的她對秦管家來說太過陌生。

秦苒微微閉了閉眼，半晌，她睜開眼睛，聲音平靜無波：「先去醫院。」

開車的是阿文。秦苒沒有開自己的車子，她拉開後座車門。秦管家坐到駕駛座，星期六，車不多，一路幾乎暢通無阻。

二十分鐘後，到達研究院附屬醫院。

附屬醫院三樓，緊急手術室——

秦漢秋站在手術室門外，平日憨厚的臉上如今一片沉靜，一雙眼睛也熬得微紅，一動也不動地看著手術室的方向。

手術室不遠處，還站著一個女人跟一個微胖的女孩。

那女孩看起來也不過九歲，一雙眼睛又黑又亮，有著不符合常人的平靜，只是垂在兩邊的手緊緊捏著。

兩人身邊還站著一男一女，兩個正在做筆錄的警察。

在來的路上，秦管家已經跟秦苒說過這是一起交通事故，司機突發癲癇，此時正在一院。

秦苒沒有看向任何人，她徑直走到手術室外。

看到她，秦漢秋的眼眸終於動了動，似乎終於有了些力氣：「苒苒……」

「現在是什麼情況？」秦苒的聲音還算平靜，微微壓著，在安靜的走廊十分明顯。

「下了一次病危通知書……」秦漢秋看向秦苒，「一個小時前從、從一院轉到這裡。」

當時距離一院近就把秦陵送到一院。一院下了一次病危通知後，就建議他們轉到附屬醫院。

秦苒略微點頭，沒有再說話，站在秦漢秋身邊等了一會兒，回過神來才拿著手機往長廊盡頭走。

「小姐，您要去哪裡？」秦管家一直注意著秦苒的動靜，看到秦苒往另一邊走，連忙開口。

他知道秦苒的脾氣。

秦苒沒有回頭，聲音冷冷清清：「我朋友還在等我，打個電話給他。」

她也沒騙秦管家，到醫院後她才想起陸照影的事情，打了個電話給他。

現在九點不到，陸母在更衣間試衣服。

她換了身紫色旗袍，又拿了件白色的羊絨外套出來詢問陸照影。

陸照影看了她一眼，皺了皺眉：「媽，您別換了，秦小苒今天有事。」

「什麼事？」陸母拿著外套的手一頓，把外套扔到一旁的沙發上，眼睛微微眯起。

陸照影搖頭，臉上也沒了玩世不恭的笑，聲音低沉：「她的語氣不對勁，我只見過一次。」那次還是在雲城，陳淑蘭去世之前。

陸照影從沙發上爬起來，一邊拿出手機打電話給程雋，一邊拿起外套往外走。

「媽，我出去一趟。」

陸母本來想跟他一起去，但看著他那嚴肅的臉，想了想，還是留在家中。

醫院這邊，秦苒打完電話，才靠著牆停了好一會兒。她捏著手機的手發緊，半晌才重新拿起手機，按著按鍵想再度撥出一個號碼，程雋的電話就打過來了。

不遠處，手術室的門打開半邊，穿著藍色手術服的副刀醫生從裡面走出來。

他手上拿了張單子，正在跟秦漢秋說話，聲音低沉：「每個手術都有風險，開顱手術跟心臟手術風險最高，我不能跟您保證什麼，但我會盡最大的努力。」

秦漢秋的眼睫動了動，這時候他的頭腦異常清晰，拿著筆又拿著手術同意書，看著上面的成功率卻不敢簽：「手術會有什麼後遺症？」

「開顱手術對病人的智商都會有影響，一般要三個月到半年恢復……」醫生盡心盡責地開口。

秦管家沒說話，他只是低頭，看著秦漢秋手中的同意書。

成功率——百分之六十五。

他有些頭暈，儘管他知道任何手術都會有風險，不會有百分百的成功率，但是還有百分之三十五的危險性……

這是秦管家跟秦漢秋都不敢簽的原因。

醫生看多了這種情況，並不意外，這些家屬糾結一段時間後總會簽的。

秦漢秋臉色沉斂，手微微發抖，剛要拿筆在上面簽字，手中的紙就被人抽走。

他微微抬頭，是秦苒。

秦漢秋終於忍不住靠上牆。

秦苒一手拿著手機，一手拿著協議書，低頭看了眼上面的成功率。

秦管家跟秦漢秋都看向秦苒，兩個人雖然都不敢簽，但這同意書最終還是要簽的。

副刀醫生也看向秦苒，「這成功率是本市最高的成功率了……當然，有一個人的成功率更高，幾乎百分之百，但是他比較古怪，一個月只做一次手術，還喜歡做那種疑難雜症……我們院長的手術成功率也有百分之九十，但……」

「是誰！」秦漢秋似乎看到了曙光。

秦管家聽到前面也有些激動，但聽到後面就知道醫生說的是誰。

不說前面那個人不為名、不為財，他一個月只會答應做一場手術，手上的手術似乎都排到了一年後。至於權勢？整個京城，除了徐家，有誰能撼動程家霸主的位置？

院長……想要預約，最少要提前排三個月，秦陵這種緊急情況想要請動他……

就算是秦家的鼎盛時期，都沒這個可能。

秦管家抿唇，聲音沒什麼力氣，「二爺，您簽吧，那位……不可能……」

「不用簽。」秦苒掛斷電話，淡淡開口。

副刀醫生一愣：「妳說什麼？」
秦苒沒說話，只是沉靜地看向幾人背後。
他們背後，電梯到達三樓，門打開，裡面如潮水般出現了一行人。為首的是穿著白袍的男人，頂著三分頭，髮色略微泛白，一身冷厲的氣息，手裡還拿著一份病歷表。
他在走廊上看了一圈，看到了秦苒，直接朝她走過來。
副刀醫生跟手術室的護士震驚地開口：「院長？」
院長朝他們略微點頭，將目光轉向秦苒：「秦小姐，我是程衛平，青宇的爸爸。」
秦苒朝他略微點頭，之前在程家見過一面，她把手中的單子遞給程衛平。
「雋爺什麼時候到？」程衛平讓身後一行人先進手術室，又把手中的白袍遞給秦苒，壓低聲音詢問。
秦苒穿好白袍，極淡的眉宇像暴風雨前的天空：「十分鐘。」
程衛平點點頭，他帶著秦苒往手術室內走。
「您弟弟的資料我剛剛已經從一院那邊拿到了，您放心，我先帶您去看看您弟弟的情況。」
這是程雋吩咐的。
秦苒從知道這件事後到現在，都沒有看到秦陵。
她把白袍的釦子扣起來，又看了秦漢秋一眼，眉眼看不出情緒。
「我先進去看看情況。」
說完，就跟程衛平往手術室內走。本來清淨的手術室門外忽然忙碌起來，一群醫生護士來來往往。

又五分鐘後，一個護士走過來，拉下口罩，「秦先生，你們放心，裡面那位小朋友安全了。」

秦漢秋跟秦管家、阿文等人站在手術室外，頭腦有些轉不過來。一連串發生的事讓他們有些迷茫。

這個時候，終於鬆了一口氣。

「剛剛，跟小姐進去的那個人……是院長？」半晌阿文才反應過來，看向秦管家。

秦管家略微回神。自然沒見過程衛平，但也聽到一群醫生跟護士叫他院長，此時有些恍惚：「好像是他……」

秦漢秋聽著兩人的聲音，不由得轉身看向秦管家，嘴角動了動，「這個院長……能成功做完手術嗎？」

看向阿文跟秦管家。

阿文跟秦管家沒有說話，身邊還沒離開的護士拿著單子，開口：「先生，我們的程院長是研究院的研究員，如果連他都做不好這個手術，整個京城找不到第三個比他更厲害的主刀醫生，除此之外，研究院的幾位腦顱外科教授都在……」

她說完，不由得看向秦漢秋這一行人。

不知道裡面是誰，幾乎整個附屬醫院都被驚動了……要是連個開顱手術都做不好，他們也枉為研究院附屬醫院。

「對，二爺，您放心。」阿文看向秦漢秋。

秦漢秋不知道程衛平，也不知道四大研究院。更不知道秦陵這一傷，驚動了整個附屬醫院，甚至研究院裡有一群人拚命送來藥物。

只是聽護士跟阿文這麼一說，他點點頭，高高懸起的心終於放下一些。

護士是程衛平派來向秦漢秋等人報平安的。說完又重新把口罩拉上，匆匆回到手術室。

十分鐘後，走廊旁的電梯門再次「叮」的一聲打開。

裡面走出三個人。

為首的人身影修長挺拔，溫潤的眉眼垂著，臉上戴著消毒口罩，手上拿著一份資料，一邊翻一邊往前走。他步履帶風，極具氣勢，身上白色的手術服也不知是什麼材質，紋絲不動。

看到他，在門口等著的幾個醫生、護士眼前一亮，立刻打開手術室的門讓他進去。

盯著手術室的秦漢秋看到熟悉的背影，他頓了一下：「……那是小程？」

對方只有一道背影，秦漢秋不知道自己是不是看錯了。

手術室內。

秦苒站在手術臺不遠處，秦陵身上插著管子，身上的血汙已經被處理乾淨，身邊擺著的手術器具上都是血跡，各種不認識的儀器在亮著。

程衛平跟主刀醫生正在交談，兩人站在ＣＴ機器旁，低聲討論著顱內壓。

秦苒站在最角落，不敢隨意走動，怕自己稍微一動，就會打擾到來往的護士醫生。

垂在兩旁的手緊緊握住。

程衛平跟醫生走到秦陵身邊，兩人在秦陵的頭上比劃著什麼。

秦苒往後退了一步，剛想出去，忽然往後側身，抬眸朝手術室門口看去。

沉重的門被人推開半邊，熟悉的人影從外面走進來。

「放心，我看過他的傷，不會後遺症也不會有危險。」程雋隨手把手中的檢查報告遞給身後的人，他停在秦苒身邊，伸手把口罩往下拉了一些，語氣是輕描淡寫的沉斂。

他看了眼秦苒，又側身讓身邊的護士去搬一張椅子過來，指向角落放著。讓秦苒在這裡坐好，他才朝手術臺走。

「三少，」程衛平把手中的手術刀遞給程雋，「我來協助您。」

程雋拿著手術刀，骨節流暢的右手極其平穩。縱使手術臺上的人是秦陵，他也不見絲毫慌張。

他穿著白色的特殊手術服，身上似乎不沾任何塵土，淡定沉著的樣子沖散了手術室內的低氣壓。

整個手術室內除了微小的儀器聲，只有他清緩沉斂的嗓音——

「雙極電刀。」

「咬骨鉗。」

「……」

秦苒坐在邊緣，這個角度看不到秦陵做手術的樣子，也看不到顯微鏡上呈現的微小傷口，只能看到一群忙碌但十分沉著，行走間帶風的醫生、護士。

還有程雋雲淡風輕的聲音。

整個手術持續了四個小時。
下午一點半，手術室亮著的燈熄滅，秦陵被推出來，護士跟秦苒跟著出來。
秦漢秋跟秦管家一行人圍了過來。
秦陵的頭被一層紗布包著，身上的管子已經撤掉了，只有兩個輸液管連著兩隻手腕。
隨行的護士長撤下口罩，十分尊敬地開口：「病人已經脫離危險，不需要進重症監護室，麻醉過後，大概明天早上就能醒來。」
秦管家跟秦漢秋緊繃了一天一夜的身體終於放鬆下來，差點當場癱坐在醫院的走廊地上。
「秦管家，你們先去病房，我馬上就過去。」秦苒讓秦管家跟秦漢秋先跟著秦陵回病房。
秦漢秋點點頭，他跟著病床走了幾步，忽然想起一件事。
「苒苒，我剛剛是不是看到小程了？」
「嗯。」
秦苒這個時候沒什麼想要說的，朝秦漢秋點點頭，就重新走進手術室內。
一行護士把秦陵推到電梯，回到病房。
兩個做筆錄的警察沒見過這陣仗，知道這次車禍涉及到了權貴，不好惹。
幫微胖的小女孩做完筆錄，他們就一直在一旁等著，跟著秦管家等人來到病房，見秦管家他們情緒穩定了，才對照著筆錄開口：「還有些口供，需要等到病人清醒，初步判決是意外。」
「意外？」秦漢秋偏頭，他從病房出來，收回思緒，冷冷地看向警察，「第一次沒撞到又撞了第二次，這是意外？」

「開車的司機只是突發癲癇，我們已經調了現場監視器，但路口的監視器壞了。」警察解釋。

秦漢秋還想說什麼，秦管家攔住了他，他壓低聲音，「京城的案子都有歐陽家參與，我們等六爺回來再說，先別衝動行事。」

秦漢秋的兩隻手都有些顫抖，他第一次認識到在京城這個地方，「權」這個字的重要性。

警察看了他們一眼，「我們會找更多的目擊者……」

「不用了，這個案子由我們接管。」

身後一道略帶紈絝的聲音傳來，秦管家跟秦漢秋等人朝聲源處看了看。

說話的人臉上帶著些許桀驁，他穿著白色襯衫，脖頸上紅色條紋的領帶鬆垮垮地掛著，耳環在走廊上反射出一片冷芒，聲音不緊不慢，卻帶著凜凜寒意。

身旁還跟著另外三個人。

警察轉過身，他不認識陸照影，卻認識陸照影身邊的郝隊，臉色變了變：「郝隊？」

郝隊微微點頭，伸出手，「筆錄給我，回去跟你們分局長說一聲，這個案子我們接管了。」

警察連忙把手中的筆錄遞給郝隊，「那您沒什麼吩咐，我們就先走了。」

「嗯。」郝隊低頭，翻著筆錄。

警察連忙帶著身邊的實習小警員離開。

等進了電梯，小警員才低聲問，「剛剛那幾個人是誰啊？」

「知道京城刑偵隊嗎？」警察看了看他。

小警員一愣，張了張嘴，「就是跟一二九有合作，破案率百分百的大隊？」

這是所有刑偵界的人最想進的殿堂，只是想要進大隊，不僅要熬資歷……

「他們怎麼會接管這種小案子……」電梯到了樓下，小警員開口。

警察在京城這個圈子裡待久了，自然知道勢力錯綜複雜，他搖頭，壓低聲音：

「剛發生車禍，這麼巧，路口的監視器就壞了……這恐怕是哪個家族的博弈。」

小警員愣住，「可……那司機不是癲癇嗎……」

「你還年輕，看著吧，不知道動手的人有沒有想到，這孩子的家人連郝隊他們都能請到。」

警察的聲音很興奮，「神仙打架，估計要不了多久就會有結果……」

兩個警察在這邊說著，另一邊的病房內——

陸照影趴在窗口看了看病房，不敢進去。病房內，秦陵的兩隻手上都是輸液管。

「郝隊，你給我查清楚這是誰動的手。」陸照影面無表情地轉身。

他把秦苒當妹妹，自然也把秦陵當弟弟。

郝隊點點頭，陸照影特地把他從大隊請過來，來的路上他就知道這是秦苒的弟弟，「這個你放心。」

陸照影這才看向秦漢秋，「秦叔叔……」

「我知道，你是小陵說的陸哥哥，他手機上還有你的合照。」秦漢秋抿唇。

「小陵的事情你放心。」陸照影這個時候也顧不得說什麼，「我跟郝隊去看看秦小苒他們，之後就直接去現場。」

說完，他跟郝隊直接離開。

兩人一邊等電梯，一邊說話。

「陸少，現場還完好嗎？」郝隊依舊翻著筆錄。

陸照影沉聲點頭，「早上九點我就帶人去封路跟現場了，那一段路都被程木封了。」

他跟程雋說完電話就去封了路，然後才去找程木。

「又是一段路？」縱然這個情況，郝隊依舊忍不住扯了扯嘴角，「你們能不能低調一點？封個路口就行了……」

「……」

秦管家從頭到尾都無法說一句話，只聽著陸照影跟秦漢秋說話，又聽到陸照影跟郝隊的對話，他忍不住看向秦漢秋：「二爺，剛剛那些人……」

秦漢秋打開病房門進去，看起來比秦管家等人淡定得多：「那些是苒苒的朋友。」

他進去了，秦管家才跟阿文面面相覷。

陸照影在京城不常露面，但是跟程家有關聯，秦管家還是聽過陸照影的名號。一聽到陸少，大概就知道是陸家人，更別說近一年他在京城的名聲越來越大，連不關注這方面的秦管家都聽說過。

秦苒這……

兩人說不出任何一句話。

樓上，程雋跟程衛平還在會議室商量後續的治療跟用藥。

秦苒坐在最後面的位子。

開顱手術，恢復不好對後續的智商影響很大，程雋對此很慎重，他一一篩選用藥，秦陵年紀小，有些激素過多的藥物他也不能服用。

「研究院出來的藥效好，但大部分都有激素，」程衛平拿著黑筆，又劃掉一種藥，「研究院那邊我已經連絡了，目前只有顧先生那裡有研究用藥，但是他在閉關……」

程衛平說到這裡，擰起眉頭。

程雋手指敲著手機，直接看向遙遠對面的秦苒。

秦苒沒說話，只是拿著手機，直接打了視訊給顧西遲。

顧西遲正沉浸於實驗，大概只有秦苒的視訊電話不會讓他忽視。

『這個時候找我？』螢幕上，顧西遲正在觀察顯微鏡下的菌落，他本來笑咪咪地看向鏡頭，一見到螢幕裡是程雋的臉，他的笑意斂了三分。

『學長？』

程雋的聲音平靜，他把筆放下，「你那裡有實驗藥物？」

『沒……』

顧西遲的話還沒說完，程雋直接打斷了他，「是小陵需要的用藥，她弟弟。」

聽完，顧西遲臉色一變。

他知道秦苒會打視訊電話給他基本上是有事，但沒想到他弟弟

竟然還要用到實驗藥，他放下手中的顯微鏡，走到手機前拿起手機，俊美的臉微微凝起。

『什麼情況？我直接送過去。啊，對了，一年了，老頭那裡肯定還有些存貨，我需不需要回一趟美洲？』

他一邊說，一邊打開實驗室的大門，看樣子是往外走。

「我剛做完開顱手術，後續的恢復情況需要你觀察。」程雋想了想，擰眉，「倒不需要你回美洲，我晚上打電話給老師。」

『行。』顧西遲出了大門，走到地下車庫，『小苒還好吧？』

程雋看了眼秦苒，沒回他這句話，只道：「你先過來吧。」

兩人掛斷電話。

程雋放下筆，把手中記下的東西遞給程衛平，「等等顧西遲會過來，你直接跟他交接。」

他一邊說，一邊解開身上的白色特殊手術服，放在會議桌上，偏頭看向秦苒，眸色再度變沉：「陸照影他們在現場，走吧。」

計劃得再精密的車禍，現場總會留下痕跡。

兩人走出會議室的大門，坐在會議桌旁的一群醫生總算回過神來。

「院長，剛剛三少說的，顧先生也會來？」幾個博士不由得看向程衛平。

程衛平點頭，「我們下去接顧先生吧。」

聽完，會議室裡面的人立刻站起來，聲音抑制著激動，「我竟然能看到顧西遲？」

「研究院的兩個巨頭今天都出現了？」

「那個病人我認識，是那檔綜藝裡的，秦修塵的姪子……」

「剛剛那位秦小姐，」掛著主任名牌的中年男人把目光收回來，「我女兒是她的粉絲，我要是能要到簽名，我女兒肯定很高興……」

*

下午四點半。

秦修塵終於趕回來，他滿目沉霜，一向溫和淡然的臉上氣勢懾人。他站在秦陵的病房前，深呼了一口氣，才伸手慢慢推開。

「六爺，您回來了！」

聽到聲響，秦管家終於回過神來，他從椅子上站起來看向秦修塵。

秦修塵原以為回來會看到亂七八糟的情形，秦管家的能力他知道，所以他一路上都沒怎麼休息，臉上的戲妝也沒有卸，整張臉比往日深邃。

卻沒想到，來到秦陵的病房時，情況比他想像中好得多。

「路被封了一段，我們有點晚回來，小陵的情況怎麼樣？」秦修塵一時間沒想那麼多。

他走到病床前，秦陵還沒醒，頭頂包著紗布，兩隻手還在打點滴。

秦管家收回目光，一五一十稟告。

「院長說小少爺的情況很穩定，好好休養，後續也不會有任何問題。」

秦修塵在飛機上，手機一直沒開機。

下了飛機後，秦管家跟他通話說了秦陵沒有危險，但遠沒有自己親眼看到的放心。

秦修塵這時手才撐住身旁的桌子，狠狠鬆了一口氣。

身旁的經紀人也抬頭，一眼就看到秦陵的點滴袋，上面沒那麼多雜七雜八的名稱，只貼了張白紙，然後隨意地寫了「顧」，瓶身上有研究院的標誌。

「這藥……」經紀人開口。

秦漢秋從外面拿了水壺進來，回：「這個是小顧的實驗藥。」

秦管家跟阿文罕見地沒開口。

秦修塵暫時沒想那麼多，他拿出手機，臉色變沉：「司機現在在哪裡？哪個分局在處理這件事？」

他說完，卻發現秦管家等人臉色有異。

「那個，六爺……」阿文開口，「好像是刑偵大隊在處理這件事，那個路好像也是他們封的……」

美洲的電影拍攝還在進行中，秦修塵在這個時候趕回來就是為了在第一時間回來處理這件事。

聽到阿文的話，他不由得頓了一下，眼眸瞇起：「刑偵大隊？你確定是他們的人？」

秦修塵不是這個圈子的人，但他曾經無意中幫過一個狗仔記者，對方似乎是一二九的人，還一句話都沒說就幫他開了普通許可權，以至於他對這個圈子比普通人還要了解許多。

刑偵大隊最近幾年負責的案子大部分都是機密的大案，遞到他們那裡的案子，都設有特別行動組。他們幾年前在國際上赫赫有名，只是兩年前，自從刑偵大隊背後的人退休後，大隊的名聲就不如以前……

畢竟圈子裡的人都知道，刑偵大隊背後有人。

可即使不如從前，京城本部刑偵大隊也不是其他刑偵隊能比的，依舊負責國內外的大案件。什麼時候連車禍也管了？

「就是那個郝隊，之前您跟我們說過。」阿文將目光轉向秦修塵，回想了一下，再度道。還沒找回秦陵跟秦漢秋之前，秦修塵就一直在找他們的消息，到處找偵探所，也找過刑偵人員，這期間也跟阿文等人提過刑偵大隊的現任隊長。他也在一二九下過單，後來那名狗仔幫他開了普通許可權，他的單子才被人受理，找到了秦漢秋。

「還是郝隊？」秦修塵有些混亂，「他怎麼會管這件事？」

他抬了抬手，有些不了解現在的情況。現在刑偵大隊的隊長都這麼閒？

阿文這次沒說話，只看向秦漢秋。

秦漢秋從昨天到今天都異常沉默，見到阿文看他，他倒了杯水給秦修塵，壓低聲音解釋，「好像是苒苒的朋友，苒苒跟我說沒事了，你回去拍戲吧。」

別人說的話，秦漢秋不信，但秦苒他非常相信。

秦苒的朋友？

秦修塵看著秦漢秋雖然沉默，但一臉呆愣的樣子，不由得按著額頭。

秦陵還在昏睡，秦修塵看了阿文跟秦管家一眼，示意他們倆出來。經紀人看了眼秦陵，也跟在他們身後出去了。

四個人站在走廊上，還沒說話，走廊盡頭就有一隊風風火火的醫生、護士趕過來，一人手中拿了筆記型電腦，直接走進秦陵的病房。

秦修塵站在一旁，看得很清楚，這一隊醫生中，除了兩個護士，其他胸前都掛著閃亮的研究院名牌。

秦影帝有點搞不清楚狀況。

「喔，是這樣的，他們每隔半個小時就有一隊醫科主任來查看小陵的狀態。」秦管家跟阿文兩人面對這情況，顯然已經淡定了。

研究院附屬醫院什麼時候有這項恐怖的服務了？

秦修塵再度沉默半晌，指尖還捏著水杯：「……你說。」

他記得昨晚打電話的時候，還特地囑咐過秦管家暫時別讓秦苒知道。

秦管家跟阿文面面相覷，實際上兩人現在也還沒回過神來。從秦苒早上突然出現，一切就似乎不在他們的預料之內。

兩人一五一十地，把程衛平跟陸照影、郝隊的事情說出口。

至於顧西遲，兩人都沒有看到對方的正面，只有從不時過來查看的主任跟護士口中了解他的情況，但也足夠這兩個人慢慢消化了。

＊

秦修塵這邊天荒地亂，而秦苒那邊已經收尾了。

「檢查報告也出來了，」郝隊把一份報告遞給程雋，「那司機撞人之前嗑了藥，導致癲癇突發，只是路口處的監視器被破壞了……」

犯罪的人顯然是個慣犯，只癲癇發作的話，就讓絕大多數人找不到證據。

很少有人會在病人發生癲癇時檢查血液裡有什麼藥物。等到有心人去檢查時，這藥物早就代謝掉了，車禍也只能是意外。

但……藥檢出來了，一切就另當別論。

這件事都不用程雋跟秦苒插手，郝隊就把那司機購買藥物的證據都查出來了。

不記名的流水，以及轉帳流水另一頭的人秦釗。

兩人的不記名通話記錄跟路段監視器也找到了，雖然沒通話錄音，但等證人醒來，證詞錄好，秦釗的教唆罪將會直接成立。至於證人會不會乖乖配合……

除了幾個嘴硬的毒梟，刑偵大隊幾乎沒失手過。

從陸照影找來郝隊到現在，不到八個小時，一切都查得井井有條。

郝隊畢竟是刑偵大隊隊長，在京城的許可權很高，查一般案件他幾乎不用搜查令。

郝隊跟程雋說話的時候，馬路另一邊的刑偵大隊隊員拿著筆，看向正在撤掉路障的程木，他低聲說：「我以為郝隊是派我出來查案的，畢竟這麼簡單的案子，連個毒梟都沒有，沒想到他自己上了……」

說著，隊員看向一臉認真嚴肅的郝隊那邊，內心有一句話不敢說出來……

這會不會有點……大材小用？

程雋接過報告，隨意看了一眼就遞給身側的秦苒，語氣有些輕描淡寫，「妳先回醫院，把這些資料帶回去。」

他伸手招來陸照影，讓他把秦苒送回去。

秦苒低頭翻了翻手中的資料，臉上沒什麼表情。等陸照影把車開走了，程雋才摸出一根菸。

一雙漆黑的眼瞳轉向路口的監視器，語氣顯而易見的淡漠：「那個秦四爺，手段還挺高，全程沒有插手，所有事情都在他的掌握之中。」

借刀殺人這手段確實厲害。若他跟秦苒沒插手，秦修塵跟秦釗硬碰硬會兩敗俱傷。

秦四爺一直覺得秦修塵就是秦陵的靠山，秦修塵被拉下馬，剩下秦陵、秦管家這一脈不足為懼。

至於秦釗也不會好到哪裡去。

秦四爺養秦釗就是為了在關鍵時刻對付秦修塵，這手段……

「說起來，當初秦家嫡系一脈全都消失，疑點確實很多。」郝隊不太在意地點頭。

秦四爺的手段在秦家眾人之中很高明，但在他們眼裡就有點不夠看了。

程木撤完封路條，走到兩人身邊，聽到對話，有些面無表情。

動誰不好，偏偏去動秦陵……怕是沒看過那個傭兵老大。

＊

醫院——

每半個小時來例行查看的醫生離開。

風塵僕僕地趕回來，卻發現自己似乎只能當個裝飾的秦修塵，此時內心也十分複雜。

從一開始找到秦陵跟秦漢秋，秦修塵內心就無法控制地趕到喜悅，到後來發現秦苒的忐忑、發現秦陵天賦時的驚喜，最後到現在……

秦修塵手上拿著一根菸，靠在走廊上，醫院不能抽菸，他也沒點，面容有些沉默。口袋裡的手機在響，他拿出來看了一眼，是警局分區局長。

秦修塵站直身體，接起。

電話那邊是分局局長的聲音，『你昨晚讓我查的秦四爺，我查探到一點消息，你回國沒？出來，我們細聊……』

分局局長也是個大人物，經手的案子多，也是秦修塵累計下來的人脈。

「剛回來沒多久，」秦修塵看了腕錶上的時間，「這件事是由刑偵大隊在管，你可以放下了。明天到老地方見，我們再詳談。」

『你連刑偵大隊都請到了？』分區局長從椅子上站起來，不過也知道現在的情況，沒多說，『明天我們再說。』

兩人掛斷電話，秦管家從病房出來。

「六爺。」他看向秦修塵，聲音頓了頓。

「什麼事？」秦修塵瞥向他。

秦管家看著病房，「普通的開顱手術會影響到神經系統障礙，雖然醫生說過小少爺情形不一樣，醒來後不會留下後遺症，但短期內肯定不能過度用腦……」

聽到這裡，秦修塵的眼眸沉了沉，捏著菸的手也用力。

秦陵偏偏在這個時候受傷……秦管家轉過目光，雙唇微抿，說出了心中的擔憂。

「下個星期，小少爺的繼承人資格考怎麼辦？」

若是秦陵不可能通過那個繼承人資格考也就算了，可偏偏……庫克先生說過，秦陵的可能性非常大……

秦管家正說著，發現秦修塵看向了他背後，他似乎有所發覺，朝背後看去。

秦苒拿著一疊資料從轉角處走過來，她的大衣釦子沒扣，攏裹著滿身風雪，一縷黑髮垂在眉骨，眸色冷豔。

兩人都下意識地噤聲。

秦修塵本來在想秦陵跟秦四爺的事，眼下看到秦苒，思緒就收了回來。

雖然沒有具體問過秦苒的事，秦修塵也知道她有自己的祕密，但他這次回京之後確確實實又被嚇到了。

無論是郝隊還是研究院……腦子裡的思緒一幕幕略過。

秦苒不像他們想那麼多，她現在還沒看過秦陵。

她走近，直接把郝隊查到的資料遞給秦修塵，按著眉心，「這是郝隊查到的資料。」

秦修塵把手中未點燃的菸收起，接過文件，張了張口想要說什麼，卻又什麼也說不出來，只沉默地低頭翻著資料。

秦苒也沒問他們之前在聊什麼，跟他們說了一聲，就進病房看秦陵。

等她進去後，秦管家才看著被關上的病房門，收起下巴，「這麼快就有了結果？他們中午才出去查的，現在才不到四個小時吧……」

「刑偵大隊也不是擺著好看的，」秦修塵翻著資料。他翻得也不慢，很快就看到了關鍵人物秦釗，眸中斂著寒意，「秦釗的手段在郝隊眼裡根本就不夠看。」

秦修塵並不意外。

秦管家點點頭，站在秦修塵身邊看了資料，「竟然是秦釗……查得這麼清楚？」

縱使時間不合適，秦管家心裡還是湧起了難以言喻的感覺……

他半年前就聽秦修塵說過一些刑偵大隊的事情，但聽說總歸只是聽說，眼下才知道被神化的刑偵大隊確實名不虛傳。在這麼短的時間內，要是其他分局，恐怕連秦釗都查不出來。

郝隊他們不僅查到了秦釗，還把證據都列出來了……

秦修塵翻完，沒有說話，只是把資料闔上，也開門進去。

病房內，秦苒正站在秦陵的床頭翻看他的病歷。經紀人坐在病房內的沙發上，半瞇著眼睛，他一天一夜沒睡，現在昏昏欲睡。

秦漢秋站在秦苒身側，正在跟她說話。

「那個郝隊……苒苒，妳怎麼認識他們的？怎麼拜託他們的？」秦漢秋臉色沉重，壓低了聲音。顧西遲他聽秦陵說過，是在飯店認識的顧哥哥，但其他人……

秦漢秋再傻也知道他們不簡單。尤其是郝隊，身上一股喋血的戾氣，不像普通刑偵隊的人。

秦漢秋有些擔心。

聽到秦漢秋的問題，房間內的其他三人耳朵都豎起來，尤其半瞇著眼睛的經紀人，也不由得看向這邊。

秦苒翻了翻記錄，秦陵現在身體的各項指標都正常，她把病歷掛回去，隨意開口，「那不是我的朋友。」

郝隊跟程木他們是程雋的人，秦苒這麼說也沒錯。

秦漢秋點點頭，秦苒這麼說，他就差不多明白了，微微鬆口氣。

「那就是小程的朋友？」

秦苒「嗯」了一聲，忽然轉身看向病房門外。

房間內的其他人不懂她這動作，只看到她忽然走到門邊，抬手把門拉開。

門外站著一個九歲左右的微胖女孩，看到門開了，她抬頭，唇抿了抿，一雙漆黑澄澈的眼睛無波無瀾，藍白格子的羽絨衣上沾著灰塵跟血跡。

「這是他的石頭。」

她伸手，把掌心的石頭遞給秦苒後，一句話也沒說就直接轉身往走廊盡頭走。

秦苒看著她的背影，挑了挑眉。

「這不是我給小陵弟弟的石頭嗎？」走廊盡頭，顧西遲正慢慢走過來，跟那女孩擦肩而過，看了對方一眼，然後走到秦苒身邊。

「嗯，應該是車禍小陵掉的，她去找回來了。」秦苒收回目光。

顧西遲頷首，他看著小女孩的背影，微微擰眉：「那小女孩吃的藥有問題……」

兩人說了幾句，顧西遲就跟著秦苒進了病房。他身上只穿著白色毛衣、米色休閒褲，滿身清朗，手裡還拿著白色的塑膠袋。

進病房後，他一一跟秦漢秋、秦修塵打招呼，順便介紹了自己。

聽到這就是那位顧先生，秦漢秋、秦修塵連忙站起身道謝。

顧西遲哪敢讓他們向自己鞠躬，他直接避開，「我沒做什麼，這次主刀是我學長，跟我沒關係。」

他一邊說，一邊走到秦陵床邊的儀器，查看了各項數據，順便把手中的袋子放在床邊的白色矮桌上，「小苒，實驗藥的用法上面有寫，這些是等小陵醒來後，讓他三餐服用就好……」

他叮囑了幾句，秦管家在一旁記得非常認真。

顧西遲說完，又檢查完一些資料就要回研究院，秦修塵等人送他到電梯口。

整個下午，各科主任來過、一群醫師來過，院長也來過……

秦修塵一開始也很震驚，到現在他也慢慢鎮定下來，送走顧西遲後才往病房走。

這些人是看在秦苒的面子來的，無論他們對自己多有禮貌，秦修塵這一行人也不敢有絲毫怠慢。

「六爺，我聽護士說過，那位顧先生是美洲醫學組織的……」秦管家壓低了聲音。

不在同一個圈子裡的秦修塵經紀人沒聽過顧西遲，聽秦管家這麼一說，他抬眸，語氣詫異：「美洲醫學組織？」

他不知道美洲醫學組織具體是什麼樣的組織，但只要是能在美洲立足的勢力都不簡單。比如美協……一個車牌號碼就可以自由出入美洲，不會被亂七八糟的人馬盯上。這是經紀人去過兩次美洲，得到最直接的體會。

秦管家看了經紀人一眼，他現在已經麻木了，只頷首：「沒錯，他回國後，現在在京城研究院。」

聽好幾個醫生說秦陵沒事，一行人都有劫後餘生之感。秦管家放鬆下來，又說起了其他事。

經紀人不由得咂舌，「小姪女是不是去過美洲啊？」

一開始去美洲，因為汪子楓的事情，他很替秦苒感到遺憾，無法去美協。可現在……經紀人覺得或許是自己的想法有問題。

當然，他怎麼想也想不到，秦苒不僅去過美洲，和美洲的幾個大人物都很熟。

半晌，經紀人也沒昨晚那麼緊張了，他看向秦修塵。

「秦影帝，現在有小姪女，秦管家他們惹出來的麻煩也不需要你一個人扛了，你也能休息休息了。」

若是以往發生這樣的事，秦修塵戲沒拍完就得兩地奔波，至少一個星期都不能睡，還要時時刻刻防著秦四爺……

秦修塵轉身看了他一眼。

經紀人收回剛剛的話，搖頭：「好吧，我知道你不願意把她牽扯到這件事中，她對秦家沒歸屬感。但小姪女至少很關心小陵吧？你別給自己壓力，小姪女肯定沒有像你一樣想那麼多，我先回家一趟。」

經紀人拍拍秦修塵的肩膀，沒再多提。

他的模樣也挺狼狽的，現在秦陵情況穩定了，他終於可以安心回家洗漱，並拿出手機把這個好消息告訴秦影帝工作室的人。

「我也回去一趟。」秦修塵手中拿著秦釗的資料，垂眸。

病房內，秦漢秋又倒了一杯水給秦苒，「小程呢？他是不是忙壞了？」
提到程雋，秦漢秋的臉色又好了很多。
他拿出手機，翻出程雋的電話：「小程現在應該沒在休息吧？我打電話會不會打擾到他……」
秦漢秋按著手機號碼，沒立刻撥出，怕打擾到程雋休息，只詢問性地看向秦苒。
「不用，他等一下還會過來看小陵的情況，」秦苒低頭看了看手機，翻出何晨的手機號碼，繼續開口，「我先出去打個電話。」
她拿著手機出去，秦管家才看向秦漢秋。
秦漢秋一愣，「怎、怎麼了？」
「你說的那個小程……到底是誰？」秦管家沉默片刻，小心翼翼地詢問。
之前不只一次聽秦漢秋提過小程，但秦漢秋的修辭太匱乏了，不是醫生，就是讀雙主修，但秦修塵跟秦管家都沒有多想。
可今天……
聽著一群醫生的對話，聽到顧西遲口中的「學長」，又聽見郝隊是因為那個「小程」過來的……
秦管家不由得不多想。
這個「小程」是誰？又是哪個程家？是他想的那個嗎？
秦管家正說著，外面響起了腳步聲，緊接著是幾個醫生風風火火地進來。
為首的是一個年輕男人，身材挺拔修長，清冷疏淡，沒穿白袍，只穿著黑色外套，鬆垮垮地披著。他低頭看著程衛平遞給他的ＣＴ圖，眉眼認真專注，步履有條不紊。

病房內燈光柔和，縱使有些逆光，也能認出他那張十分有辨識度的臉。

秦管家站在沙發旁，原本想要上前的他彷彿被什麼釘在了原地。

秦漢秋跟程雋很熟了，他直接上前，「小程，今天真的多虧了你……」

程雋放下手中的ＣＴ圖，低著眼眸，聲音不緊不慢，「應該的。」

兩人一邊說一邊走到病床前。

身後，原本跟著程雋的程衛平一行人，腳步全頓在原地，有些石化。

在場的都是認識程雋的人。尤其程衛平這些人，對程家這位太子爺更熟，程老爺疼愛的老來子，在京城這個頂端的圈子，一大半的人都要稱他一聲「雋爺」，再不濟，三少也少不了。

從程家到四大家族，再往下數，能叫程雋一聲「小程」的，真的沒幾個。

這是唯一一個敢這麼叫他，還叫得這麼自然的……

一群醫生跟在程雋身後，愣了好幾秒才收回震驚的目光，對秦漢秋的態度更加小心翼翼。

跟程雋說完，秦漢秋想起秦管家，他側身跟秦管家介紹：「秦管家，這就是小程。」

然後又看向程雋，「那是秦管家，他們想見你很久了。」

程雋微微偏過頭，視線落在秦管家身邊，略微頷首，嗓音清緩：「你好。」

秦管家：「……」

他的腳有點麻，說不出一句話。

喀嚓——

病房的門再度被推開，秦苒從拿著手機從外面走進來。

程衛平讓路給她，「秦小姐。」

他禮貌謹慎地打招呼。

其他主任看到程衛平都讓了路，也連忙迅速地退了一步。

秦苒沒注意那麼多，禮貌地跟程衛平打了招呼，才把手機塞到口袋裡，走到程雋那邊：「看完了嗎？」

「還差一點。」程雋低頭，伸手拿起床尾掛著的病歷翻看，神色專注。

程衛平大部分都跟他彙報過了，但程雋有點不放心，一樣一樣細緻地檢查一遍才甘心。

秦苒就站在他身邊等他看完。

期間，秦漢秋還想跟他說什麼，被秦苒看了一眼，秦漢秋吞下了話。

「小程啊，你下午是不是也沒休息？」

他看向程雋的臉，清雅細緻，但眉宇間是難掩的疲倦。

秦漢秋聲音微沉：「苒苒，妳跟小程都回去休息，這裡有醫生在，不會有事。」

秦苒這幾天都忙著做實驗，秦漢秋當然聽秦陵說過。

至於程雋，秦漢秋不知道他在做什麼，但他這個樣子，看起來也不太好。

程雋沒說話，他看著秦漢秋手裡的病歷，頓了頓才將目光轉向秦苒。

秦苒沒說話，她只伸手把程雋手中的病歷抽出來，重新掛在床尾，聲音裡聽不出什麼情緒，眉眼斂著：「爸，我們先回去了。」

「我送你們出去。」秦漢秋去開病房的門。

「等等。」程雋拉住秦苒的手腕，沒馬上走。

他停在原地，又細細叮囑了這行人幾句話才離開。

兩人搭著電梯，直接到地下停車場。

程雋從大衣口袋裡摸出車鑰匙，開車門的時候，他忽然想起一件事，清致的眉抬起，語氣不急不緩：「等等，苒姊……」

「我在。」秦苒繞到副駕駛座，隨口應著。

「妳今天自己飆車了？」程雋手撐著車門看向她。

秦苒：「……」

「有兩張罰單，」程雋伸出另一隻手，「鑰匙呢？」

好在她開的車牌號碼沒人敢攔，就默默罰了錢，順便通知他。

秦苒面無表情地從口袋裡摸出車鑰匙。

*

樓上——

程衛平一行人態度更恭敬有禮地檢查完了所有事，才走出病房。

這個時候，病房終於安靜下來。

秦漢秋喝了半杯水，傳訊息讓秦苒回到家跟他說一聲，才看向秦管家：「秦管家，你沒事吧？」

秦管家手撐著沙發，抬起頭，臉上沒什麼表情，「我沒事，二爺。」

「那就好，你也一天一夜沒闔眼了，先回家休息吧，別弄壞身體。」秦漢秋開口。

秦管家一邊應著，一邊被秦漢秋送到電梯前。

秦漢秋見秦管家沒什麼反應，還貼心地進電梯幫他按了一樓才出去。

電梯到達一樓，秦管家反應過來。

他從電梯走出來，站在人來人往的電梯口，摸出手機撥了通電話給秦修塵。

秦修塵剛好把事情吩咐完，接到秦管家電話的時候，他的眉眼還殘留著淡淡的戾氣，他站在窗邊，點了一根菸：『秦管家？』

「六爺，」秦管家看著來往的人，終於回過神，「我剛剛看到二爺一直說的小程了，您知道他是誰嗎？」

秦修塵吐出一道煙圈。

臉上的戾氣慢慢斂起，聽著秦管家的話，他眉眼一動。

秦漢秋提起小程不只一兩次，今天他在醫院更是聽到好幾次，雖然醫學研究院的事情他了解得不多，也有些猜測。

『秦管家，他是……程家人吧？』秦修塵猜測。

秦管家走出住院大樓大門，門外寒風凜冽，腦子逐漸清醒，「不只如此，您敢相信嗎？二爺一直叫程家那位太子爺小程。」

秦家就算是鼎盛時期，也無法跟程家相提並論。若是其他時候聽到這個消息，秦管家肯定會被嚇到……可今天一天經歷的太多了。

無論是那些醫生還是郝隊等人，亦或是顧西遲、研究院，秦管家已經被一波波衝擊麻痺了，此時得知小程是程雋，這件事是意料之外，卻也在情理之中。

畢竟京城其他人，包括程家老爺，都幹不出封路這件事。放眼整個京城，也只有程雋敢這麼囂張了。

即使這樣，秦管家跟秦修塵在電話裡還是沉默了很長一段時間。

「小姐她……」半晌，秦管家開口，他愣愣地看著外面不怎麼明顯的燈光，後面的話卻說不出來。

一開始知道秦苒時，秦管家原以為她只是京大的學生……

秦修塵拿起放在一旁的外套，『明天你去找秦四爺。』

「我知道。」秦管家收回對秦苒的思緒，眸底沉下。秦陵現在這個樣子，肯定沒辦法參加下個星期的繼承人比賽。

兩人掛斷電話，秦管家又撥了通電話出去。

秦陵暫時沒有問題，但秦家接下來還有一場硬仗要打。

第五章　今天也是秦 BUG

此時，陸家——

陸媽媽坐在沙發上，手裡拿著一本相冊。

看到陸照影回來，她抬眸，放下交疊的腿，詢問陸照影情況。

「小陵出車禍了。」陸照影沒什麼形象地躺在沙發上，將頭埋到枕頭裡，說了一下大概情況。

陸媽媽猛地站起：「沒事吧！」

「有雋爺在，能出什麼事。」陸照影抬起頭，皺眉，「不過傷勢不輕，還沒醒。」

「還有，」陸照影看向陸媽媽，「秦小苒把見面時間改到了明天下午，媽，妳為什麼一定要見她？」

陸媽媽把相冊「啪」地一聲闔上，聽著陸照影的話，她重新坐回沙發上，抿唇：「……確認一件事。」

＊

翌日，附屬醫院——

程雋把車停在停車場，兩人上去看秦陵。程雋待了二十分鐘不到就走出了病房，他還要去博物院。

住院大樓的電梯在這個時間繁忙，電梯還在二十八樓。

程雋伸手按了一下電梯，低著眉眼，慢慢道：「小陵下個星期好像要參加秦家的繼承人選拔。」

挺不經意的。

秦四爺選擇在這個時候動手，肯定有原因，程雋就讓郝隊查了一下。秦家嫡系一脈又重新找到參加繼承人選拔的事自然瞞不住他們。

秦苒看他一眼，若有所思地點頭，「我知道了。」

電梯到達，程雋進了電梯，按了地下一樓。

秦苒看著電梯到達地下一樓才轉身回到病房。

她下午重新約了陸照影，也不打算回去。她坐到沙發上，拿出背包裡的電腦。

打開通訊錄，昨天葉學長傳了一堆訊息，還有人加她好友。

廖院士的好友申請，秦苒直接點了通過。

秦陵還是沒有醒來。

昨天晚上秦修塵回家洗了澡，在病房內看顧了一整晚，今天早上才回去，這時候是秦漢秋跟秦管家在照顧。

上午九點，秦管家從床邊的椅子上站起來，看了看時間，跟秦漢秋低聲說了話，就走出病房。

剛出去，秦管家就感覺到背後有道陰影。

一轉身，看清人影是秦苒，他驚訝地開口：「小姐，妳有什麼事嗎？」

「沒什麼事，你要去哪裡？我送你。」秦苒把手中的手機一握。
秦管家連忙擺手，「不用，哪能讓您送我，阿文送我就好了。」
他剛說完，口袋裡的手機就響了起來。
是阿文，停在樓下的車忽然拋錨了。
秦苒把手機塞回口袋裡，下巴微抬，眉眼平靜，「我都說了我送你。」
她的氣勢太強，秦管家說不出拒絕的話，只能跟在秦苒身後下樓。
樓下，程木的車穩穩地停在醫院門口。秦苒打開副駕駛座讓秦管家進去。
駕駛座上，程木轉頭禮貌地打了個招呼，並介紹自己：「我是程木。」
秦管家有些恍恍惚惚地坐下，「你、你好。」

＊

秦家總部——
秦四爺拿著狼毫毛筆，站在辦公桌前俯身練字。
門外，手下恭敬地敲了三聲門。
秦四爺沒有抬頭，依舊不緊不慢地寫了個「秦」字，字跡飄逸，看起來心情十分愉悅：「秦修塵有動靜了？」
「秦釗少爺的手昨晚被廢了，剛剛又被警察帶到了警局審問。」手下眉頭一動，沉聲開口。

雖然預料到秦修塵會動手，但沒想到會這麼快。

秦四爺的手一頓，黑色的墨點在「秦」字上暈開。

秦四爺也不管，他把筆放到一旁，鋒銳的眸子瞇起：「廢了？秦釗再不濟，也不會這麼快就露出馬腳。」

他斂下眸子，秦修塵必然不會放過秦釗，但也不至於這麼快就查出來。

究竟是什麼地方出了問題？

秦四爺抿唇，還是秦修塵現在的勢力……又擴大了不少？

若是後者……

他正想著，辦公桌上的電話響了，是祕書部：『秦總，秦管家跟各位股東到了。』

秦四爺笑了笑，他把電話掛斷，抬手整理外套，嘴角微笑。

秦修塵的勢力擴大了多少無所謂，因為他的目的達到了。

他又抽了張面紙，擦掉手指尖不小心沾到的墨，直接來到會議室。

會議室內，秦家本部的股東和秦管家都到了。

秦四爺的目光在桌邊掃了一圈，目光放到秦苒身上，十分親近地開口：「大姪女也來了。」

秦苒坐在秦管家身旁，低頭玩手機，沒回他，低著的眉眼鋪滿了冰霜。

來的路上，她把整件事釐清了，加上之前秦管家等人忌憚秦四爺的話，秦陵這件事或多或少都有秦四爺的功勞。

秦管家打了圓場，他從椅子上站起來，掃視整個會議室一圈。

「今天找諸位過來，是想跟諸位討論延遲繼承人選拔的時間。」秦管家微微彎腰，「小少爺他出了車禍，暫時不方便參加選拔，我們跟醫生討論過，要等三個月的恢復期過了……」

此話一出，安靜的會議室內響起了輕微的討論聲。

大部分的股東都沒有說話，只是看向秦四爺。

秦四爺坐在最前方，他不緊不慢地拿起茶杯，吹了吹茶沫，才似笑非笑地抬眸：「這麼不巧，剛要舉辦繼承人選拔，小姪子就受傷了，你們是不是故意延長時間？三個月的恢復期，誰知道你們是不是私底下找人破解我們的選拔程式……」

此話一出，大股東們點頭，「我已經空出了星期五的行程。」

秦家本部被秦四爺納入手中，而本部高層都是以利益為先，他們會支持秦四爺就是因為有利可圖。秦家換誰當家做主無所謂，只要能帶給他們益處就好。

很顯然，絕大部分的人都支持秦四爺。

「怎麼會是故意延長？小少爺現在就在附屬醫院，你們可以自己去看看，他現在這個樣子根本就沒辦法參加選拔。」秦管家氣得胸口不斷起伏，怒目圓睜。

他不信秦陵的車禍秦四爺沒有插手，他今天來，就是要幫秦陵多爭取一段時間。

「那是你們要解決的事情。」秦四爺喝了口茶，看著秦管家，笑得十分溫和，「秦管家，商場如戰場，這種小事都解決不好，你要讓各位股東怎麼服氣？」

秦苒坐在秦管家身邊，一直在聽他們的話，聽到這裡總算抬了抬眸。

她收起手機，抬頭看了會議室的人一眼，對上秦四爺深沉的目光後，她勾了勾唇，收回目光，淡淡開口：「秦管家，他們說的對，既然說好下個星期就下個星期吧。」

說完，她拿著手機站起來，直接朝辦公室外走。

秦四爺一愣，然後低聲笑，「果然還是大姪女識時務。」

秦管家雙手還撐著辦公桌站著。

今天過來，他就預料到這一場戰爭幾乎不可能勝利。

他知道依照秦四爺的作風不會給他們喘息的機會，但還是想看看股東們，只是……

秦管家抿唇，他閉了閉眼，十分不甘地跟在秦苒身後離開。

「是我們沒用，」秦管家羞愧地開口，「下個星期的選拔儀式不能參加，小少爺他錯過了這次，四爺不可能再給他下一次機會……」

秦苒停在電梯前，伸手按了電梯，她站得筆直，聽到秦管家的話，收起臉上的漫不經心，精緻的臉覆上一層冷霜。

她伸手把圍巾往上拉了拉，看著秦管家，語氣不緊不慢：「誰說不參加了？」

叮——

電梯門打開，秦苒抬腳走進去，秦管家跟在秦苒身後，透過剛闔上的電梯門縫，剛好能看到從會議室出來的秦四爺等人。

等電梯門完全闔上，秦管家才收回目光搖搖頭，聲音低落：「不行，小少爺不能參加，他要靜養幾個月。」

開顱手術對神經系統的影響很大，即使研究院那邊的藥物恢復力強，秦管家也不會拿秦陵來冒這個險。

秦苒的聲音依舊平靜，眸色很深：「沒說要讓他去。」

今天星期六，公司沒什麼人，電梯就很快到了一樓。

秦管家驚愕地睜大眼，他緊跟在秦苒身後走出大門，看到程木停在對面的車，「可是……小少爺不去，誰去啊……」

聞言，秦苒低聲笑了笑，漆黑的眸底卻沒什麼溫度。

她手插在大衣的口袋裡，停在車邊，抬眸看著秦管家，聲音很涼：「我。」

說完，她伸手拉開副駕駛座的車門，又轉到後座坐好。而秦管家依舊站在原地，神色僵硬地沒有半點反應。

程木等了十幾秒，揚聲，「秦管家？」

「啊？」秦管家反應過來，有些茫然地坐到副駕駛座。

又三分鐘後，他回過神來，看向後視鏡的秦苒，對方懶洋洋地靠著車門，手裡拿著一份整理好的列印資料。眼睫低垂，翻看資料內容，看不清眸底的神色。

很複雜，反正看起來挺不好惹的。

秦管家不敢詢問，只是胡思亂想地想著，是他想的那個意思嗎？

秦苒說她會代替秦陵參加？

但是……關鍵是，她會嗎？

＊

樓上，電梯前——

秦苒跟秦管家在電梯口的對話，秦四爺跟他身旁的手下聽得一清二楚。

「四爺，秦管家他們那些話是什麼意思？」秦四爺的手下看著到達一樓的電梯，聲音微頓。

秦四爺的眉頭也擰著。

秦管家無所謂，主要是秦苒的態度讓人有些難以捉摸，她太淡定了。

「秦陵的傷勢你確定嗎？」秦四爺轉身，朝自己辦公室的方向走。

手下點頭，聲音恭敬，「他做了開顱手術，不會這麼快恢復。」

這件事，秦四爺也相信他沒有查錯，今天秦管家的焦慮和眼底的青黑，他都看在眼裡，「那就不用擔心，不用管他們耍什麼花招，秦釗果然不負我所望，夠狠。」

秦四爺的心情又愉悅起來。

養了秦釗這麼久，對方總算幫他除了個大麻煩。

自從知道秦陵的存在後，秦四爺就寢食難安。對秦四爺來說，秦漢秋跟秦修塵都不足以讓他感到威脅，唯一讓他有威脅感的，就是小小年紀就天賦出眾的秦陵。

眼下秦陵確定沒有辦法出席，秦四爺的心瞬間放鬆下來。

畢竟百分之十的股權跟繼承人身分，他抓住了，自然就不想再放手。

＊

半個小時後，程木的車到達醫院。

秦管家下了車，秦苒卻沒下車，差不多到約定的時間了，她跟陸照影約好了見面。

車不能停在醫院門口太久，秦管家關上副駕駛座的門，程木就駛動車子。

秦管家站在醫院門口，等程木的車看不到了，才轉身往門內走。

秦修塵的經紀人昨晚休息了一晚，現在剛從工作室過來，神清氣爽。

他把車停好，就看到走在大路上，心事重重的秦管家。

「秦管家，」經紀人幾步走到秦管家身邊，安慰他：「程院長都說了小陵沒事，您也別太擔心了。」

「我不是擔心這個，」經紀人也是熟人了，秦家的事情他差不多都知道，秦管家也沒有瞞著他，把事情從頭到尾說了一遍，「實際上那些股東們不同意，我的本意是放棄這個機會。但小姐說她要代替小少爺參加……」

秦修塵跟他說過很多次，有什麼事情都不能去打擾秦苒。

眼下秦陵的事裡裡外外都是秦苒跟……那位處理的，她還打算來收拾這個爛攤子。

秦管家嘆氣。

「小姪女說她要替小陵參加？」秦陵要參加繼承人選拔這件事，經紀人當然也知道，聽完秦管家的話，他一頓，很興奮，「是好事啊！」

秦管家看著莫名興奮的經紀人：「？」

「小姪女跟你說過她也會程式設計嗎？」經紀人想了想，「就是九州遊那個神牌，動作跟技能都是她四年前編的程式，說起來，那三張神牌好像也是她畫的……」

經紀人想到這裡，頓了一下，他沒細想，只拍著秦管家的肩膀。

秦管家的腦子有點糊塗了，他愣愣地抬頭：「你說小姐她還會編寫程式？她主修不是學物理的嗎？」

還十分厲害。

「是啊，技術應該還不錯，」經紀人搖頭，「我不知道你們的選拔會出什麼難題，不過她願意參加也是一件好事。」

經紀人對程式設計沒什麼概念，也不知道秦苒達到了什麼程度，不過秦家畢竟曾經靠著這一行達到頂峰，秦家人中鬼才也不少，繼承人選拔更是變態，經紀人也不知道秦苒能不能通過。

這一點倒是沒胡說八道。

他說完，秦管家沒什麼反應。

秦管家現在腦子正嗡嗡作響，對於秦苒會程式設計這件事，他還有些無法相信，喃喃自語：「四年前就會程式設計……」

四年前她才十六歲吧，不管是編什麼程式，這個年紀就能完整寫出程式，可見在電腦上是有天賦的……

如果老爺還在，她就會從小在秦家接受頂尖訓練……

*

秦苒已經到了跟陸照影約好的飯店，飯店離醫院沒有很遠。

陸照影跟陸母已經到了包廂，秦苒把圍巾往上拉了拉，遮住大半張臉，只露出一雙又黑又冷的眸子，跟服務人員報了包廂名，任由她把自己帶到包廂門前。

服務生離開的時候，不由得朝秦苒的方向看了看，「好眼熟……」

包廂內，陸媽媽在走來走去。

陸照影坐在窗邊，靠著椅背，手裡把玩著手機。

「媽，您別晃來晃去了，我看著頭暈。」

距離十二點半越來越近，這個時候她也沒跟陸照影計較，只白了他一眼。

還未說話，門就被敲響了。

陸媽媽立刻迅速擺出優雅賢淑的姿態，並看陸照影一眼，用眼神示意他快點開門。

陸照影：「……」

他去開了門。

秦苒進來，陸媽媽這才笑得一臉溫和地站起來，姿態優雅，舉止有度：「妳就是秦小姐吧，我是陸照影的媽媽。」

秦苒伸手把圍巾取下，禮貌地朝她頷首，「您叫我名字就行了。」

三人坐好。

陸照影了解兩人的口味，直接用桌子上的點餐系統點完菜才看向兩人，最後把目光轉向秦苒，交疊雙腿笑道：「我都說了，妳們倆很像。」

「苒苒，妳吃這個，」陸媽媽幫秦苒夾了塊排骨，聲音溫和極了，「這是這裡的招牌菜。」

「謝謝。」秦苒禮貌地道謝。

陸媽媽在家裡急得要命，真的看到了秦苒，反而變得矜持起來。

陸照影不由得搓了下手臂，「媽，妳別這樣，我害怕。」

「你這……」陸媽媽牙齒一咬，習慣性地想罵一句，但對上秦苒那雙又黑又冷的眼睛，她微微笑了一下，「小路，吃菜。」

她夾了一小根青菜給陸照影。

陸媽媽只在秦苒離開的時候幫秦苒理了理圍巾，秦苒有些不自在地後退了一步。

陸照影送秦苒去醫院，順便去看秦陵，陸媽媽目送他們離開。

「夫人，現在去哪裡？」陸家司機從駕駛座走下來，拉開後座車門，恭敬地詢問。

陸媽媽沒有回答，她等兩人的背影看不到了才低頭，攤開自己的右手。

司機順著她的目光低頭看了看，陸媽媽手裡有一根頭髮。

「回去吧。」

陸母坐上後座，把包包放在腿上，拉開拉鍊，拿了張紙巾把頭髮包起來，小心翼翼地放在包包的最深處。這才拿出手機，找出一個美洲的號碼，傳了一則訊息——

『小姑奶奶，您能再幫我拍一張姑爺手裡的相片嗎？』

陸媽媽出身普通，並不是名門貴族，當初陸家長輩並不喜歡她，陸父差點跟陸家決裂。當時，嫁到國外的小姑奶奶回來一趟，對方只說了一句話，陸家人就連一個屁都不敢放。

陸家小姑奶奶嫁的人十分神祕，還是美洲的人。陸媽媽到今天也不知道姑爺是什麼人，只知道姑爺姓唐。

有小姑奶奶撐腰，陸媽媽在陸家的身分一下子就變了。以至於今天，陸家其他人還對他們這一房十分忌憚。後來陸照影跟程雋、江東葉那一行人走得近，陸家對他們就更加忌憚了。

陸媽媽對陸家上一輩的事情不太了解，只知道她的那位小姑奶奶跟陸家關係不好，但小姑奶奶對她很好，不然也不會在那個時候幫她一把。

最後小姑接她去美洲玩的時候，陸媽媽才從小姑那裡了解到原因，她的眉宇有點像姑爺收藏的照片上的一個人。小姑奶奶還給她看過那張照片，她只是湊巧長得像，但從電視上看到的秦苒跟秦陵更像。

電視跟照片都有濾鏡，今天看到了秦苒真人，眉宇間的靈氣幾乎如出一轍。

想到這裡，陸媽媽又想起秦陵，那孩子出了車禍……

在京城，尤其是幾大家族的人，不知有多少明爭暗鬥。

陸媽媽擰起眉頭，她聽陸照影說了，秦陵是秦家嫡系一脈的人，這次車禍肯定不簡單。

手機在這個時候響了一聲，陸媽媽接起來，跟對方說話。

＊

秦陵是下午三點醒過來的。

醒來後，璟影后跟田瀟瀟等人都來看過。病房裡絡繹不絕，但秦陵的狀態依舊很好，醫生沒禁止其他人來探望病人。

傍晚，程雋來接秦苒的時候，也順便看了秦陵。確定他的狀態穩定後，就把秦陵交給程衛平照顧，這才跟秦苒一起回去。

兩人出了房門，經紀人就坐在病房沙發上，目光一直看著程雋，連手上的蘋果也忘了啃。

秦管家把秦苒跟程雋送出門，回來看到經紀人的樣子，不由得拍拍他的肩膀，用過來人的身分開口：「六爺應該還沒告訴你吧，就是你想的那個人，你沒看錯。」

他說完，也不管經紀人的反應，跟秦漢秋說了一聲，「二爺，我回去一趟，去找庫克先生。」

本來以為秦苒只是想隨意替秦陵參加繼承人選拔，可是中午時，經紀人跟他說秦苒並不是隨意參加，她的天賦出乎他的意料，秦管家自然要找庫克先生，替秦苒重新整理一遍選拔考內容。

萬一……秦苒也能過呢？

秦管家一邊想著，一邊回到雲錦社區，敲開庫克老師的門，說了這件事。

「你先進來，」庫克聽到秦陵出了車禍，心情也不是特別好，昨天晚上就去看過秦陵。他側身讓秦管家進屋，並拿出電腦，「這是我幫小陵整理的程式。」

庫克打開自己電腦上的一個資料夾，把裡面的資料都列印出來。

他交給秦陵的內容有點多，一張一張列印，速度不快。

在秦管家等待時，庫克把幾本書遞給秦管家，「這是小陵的書。」

秦管家接過來。

又等了兩分鐘，一疊厚厚的資料才列印好，庫克要去整理，秦管家連忙將書放在桌子上，「庫克先生，我來整理就好！」

他按照頁數，裝訂成厚厚三份。轉身回來的時候，不小心碰到了桌邊的四本書，書散落在地上。

秦管家立刻蹲下來一本本撿起。

秦陵有很多亂七八糟的書，還有一些程式基礎，都是些好書，這也是庫克一直覺得秦陵背後有人的原因。不過都是基礎升級書，庫克自然用不到，也沒去翻看。

眼下秦管家把書弄亂了，那本黑色的，封面只有幾道直線，寫著「Black」的書出現在庫克面前。

庫克的手一頓。

「秦管家，小陵的這本書能不能借我看看？」庫克抬頭，一動也不動地看向秦管家。

「當然。」這是秦陵的老師，秦管家自然不會拒絕。

他把黑色的書遞給庫克。

秦管家看庫克的表情好像跟以往不太一樣，主要是庫克見識多廣，除了提起雲光財團，很少能讓他的表情有變化，「庫克先生，這本書……」

「等我確定一下。」庫克將書緊緊握住，淺棕色的眼睛閃爍著震撼。

*

翌日，星期一。

早上六點半，秦苒一如既往地去實驗室。今天她依舊很早來，實驗室裡的三個人都到齊了。

廖院士跟葉學長他們三個人跟秦苒不一樣，週末幾乎都不休息。

看到秦苒進來，在裡面忙的廖院士，還有整理資料的左丘容都不由得停下來，看向秦苒。

今天實驗室多了一個人。

廖院士身邊還站著一個拿著實驗資料的中年男人，也看向秦苒。

「那是廖院士的朋友，實驗室五大研究員之一，路院士……」葉學長小聲在秦苒耳邊介紹。

秦苒微微頷首，臉色如常地把背包放在桌子上，伸手拉開背包的拉鍊，拿出廖院士要求她寫的地下反應堆報告。

「妳寫完了？」葉學長看了眼研究報告。

「嗯，你要看一眼嗎？」秦苒遞給葉學長。

葉學長搖頭，笑道，「妳寫的，我不一定能看出什麼，去給廖院士吧。」

秦苒點點頭，她收回手，走到最裡面，把報告遞給廖院士。

廖院士放下手邊的事情，接過來直接翻看。

在他身邊站著的路院士立刻湊過來，低聲道：「那就是秦苒吧？她又寫了什麼研究？我看看……」

說到一半，路院士的話鯁住。

秦苒總結的是地下反應堆報告，地下反應堆在那裡這麼多年，國內外無數研究團隊都來考察過，都沒有找出什麼東西。

反應堆的發現人確實留下了不少研究結果，但都是一堆代碼類的文字。這麼多年，方震博等人不只一次請過研究歷史的人來猜測這些毫無頭緒的符號代碼，但仍一無所獲。

反應堆開啟一次都會消耗能量，所以能申請進去的人不多。每次進去的人大多數都漲了見識，但真的要說是否有寫出什麼有用的實驗報告，很少。

尤其近幾年更少，對反應堆能夠控制反應能量衝擊的金屬，也沒有任何頭緒。

元素週期表上既有的元素找不到任何一種能與之對應。即使週期表沒有被填滿，未來週期表的新元素也需要由人工實驗室造出來。

這是所有人對那位留下反應堆的前輩毫無頭緒的原因之一。

化學實驗室不乏有人取材，想要合成元素，只是利用同位素，在地球上也找不到任何可以合成的材料，然而秦苒的這份報告沒有提到金屬，她從頭到尾只說了一個其他人從未注意過的方向——壓力平衡。

「這確實是研究方向，或許寧前輩想留給我們的就是這個，」路院士看著廖院士，「我們需要回研究院確認。」

路院士今天來實驗室，就是因為聽廖院士說那個寫出百分之五十二能源轉換率的人在他的實驗室，才想要來這裡認識一下。

聽完，廖院士沒有說話，只是沉默地翻著這份觀察報告。

看完之後，他把報告收起來，伸手按著眼鏡。一手解開防護衣的釦子，一邊對葉學長說：「我跟路院士先回研究院開緊急會議，你跟小學妹準備一下，我們可能隨時會讓你們來研究院。」

聽到廖院士的話，葉學長有些困惑地看著對方：「去研究院？」

「反應堆的新研究方向，」路院士沒有廖院士那麼中規中矩，他伸手拍拍葉學長的肩膀，「那反應堆的研究方向是你跟你小學妹寫的吧？等我們討論出來，可行的話，你年底的評估能達到研究院四級……」

他說完，就跟廖院士兩人匆匆出門，一邊走一邊討論。

秦苒一直在實驗室二層邊緣的實驗室做微型實驗。被玻璃隔開的最外面一層，葉學長有點懷疑自己聽錯了。

研究院的研究員都有分級，但每年年底都有一個標準評估，達到評估標準才能被評為研究員。只是研究院有那麼多人，研究員四級雖然是最低標準，但也是很多人努力了十年都不一定達到的標準。普通學員別說很少做出有用的研究，就算真的有人做出了什麼研究，大部分功勳都是掛在指導教授或者其他人身上。

葉學長才當學員幾年，想成為正式的研究員最少還需要兩三年的時間累積資歷。眼下，廖院士卻說他有可能在今年年底成為正式的研究員。

葉學長抬頭，愣愣地看向秦苒。

對方放下手中測定儀，瞇著眼若有所思地往這邊走。

「小學妹，」葉學長找回自己的聲音，「那份觀察報告，妳寫了什麼啊？」

秦苒從思緒裡回過神來，她抬了抬眸，語氣有些漫不經心。

「反應堆我觀察過，裡面有個東西我不確定，回家查了一下資料才確定那是壓力平衡，就寫了一些有關壓力平衡的。」

她坐到自己的位子上，一邊打開電腦查看南慧瑤等人的資料，一邊跟葉學長解釋，「我小時候跟我外婆看過類似的反應堆，研究方向可能跟其他人不一樣……」

只是秦苒也不確定這些有沒有用，她也沒有研究過這些，只把她在地下反應堆發現到的一一記錄下來。

那些代碼……她看得懂一些。現在看廖院士等人的反應，她意識到大概是有用的。

她說完，半晌葉學長都沒有聲音。秦苒一側頭，葉學長看著她，失去了所有言語。

啪！

不遠處，左丘容手中的杯子掉在了地上，她抿著唇，連忙蹲下來把杯子撿起來，沒有抬頭。

直到中午吃飯的時候，秦苒跟葉學長的電話一直沒有響起，也沒有人找他們去研究院。看來，葉學長沒有被評定為研究員四級，左丘容鬆了口氣。

葉學長也沒有失落，畢竟這份觀察報告，他只是幫秦苒整理了資料而已。

中午，左丘容跟葉學長的研究推動器團隊一起吃飯，並討論研究時程。

葉學長在飯桌上稍微提到秦苒。

其他兩個男生隊友聽到秦苒寫的論文是一類，研究報告又被兩名院士看中，都愣住又面面相覷：「學長，你的小學妹那麼厲害？」

葉學長絲毫不吝嗇讚賞，「比我厲害。」

一個厲害的領軍型人物在一個團隊裡至關重要。

兩個男生都沒有想到，原本以為只是個不起眼的小學妹會那麼厲害，「葉學長，你的小學妹是誰？」

葉學長淡淡開口：「秦苒。」

因為左丘容，葉學長沒在這個團隊提過秦苒的名字，這兩個隊友也沒有看過那份被左丘容撕掉的報名表。

「等等，是她？」其中一個男生瞪大了眼睛，「今年大一的那個新生王，跑去上了綜藝，回來參加實驗室考核時，還用四個小時就把E到S級實驗全部做完的神人？」

葉學長一愣，「你們也知道她啊？」

「當然，你不知道她在學校有多紅。」男生激動地開口，「早知道是她……」

他剛說到一半，就被另外一個男生拍了一下。

這男生看了眼左丘容，立刻吞下後面沒說完的話。

左丘容「啪」地一聲扔掉筷子，看向葉學長：「你到底什麼意思？」

「沒什麼意思。」葉學長淡淡地看她一眼。

左丘容看向葉學長，「你要是這麼喜歡你的小學妹，你去找她啊。」

另外一個男生臉色一變，「學姊……」

一個團隊最怕的就是人心分裂，葉學長也知道自己跟左丘容有了隔閡，她最近做的實驗還有報告，都會刻意避開他。

航太推動器實驗對葉學長來說很重要，他為此也付出了很多，但左丘容現在越來越防備他。

葉學長坐在椅子上，沉默了半晌才看向左丘容跟兩個男生：「我中午回去就把我所有的研究內容給你們，從今天起，剩下的研究我不參與，名字我會申請取消。」

他說完，放下筷子轉身離開。

兩個男生連忙開口，「葉學長，研究已經到尾聲了，你這時候放棄……」

「你們也想跟他一起？」左丘容抬頭看向他們。

航太推動器比賽的研究幾乎差不多完成了，葉學長負責的部分則早就完成了，現在退出對左丘容這個團隊沒影響，反而影響最大的是葉學長。

聽著左丘容的話，兩個男生都低頭不敢再提葉學長，葉學長有氣魄，他們卻沒這個魄力退出，放棄這份名譽。

*

下午三點，實驗室裡的三個人分別占據三個角落。

秦苒一如既往地做自己的研究實驗，葉學長也在最裡面那一層幫廖院士處理研究，而左丘容在整理葉學長傳給她的報告。

秦苒不是沒有感覺到葉學長跟左丘容的詭異氣氛。

趁左丘容跟出去洗手間的空隙，秦苒拿著做好的數據遞給葉學長，隨口問了一句：「你跟左學姊沒事吧？」

葉學長接過資料表，搖頭笑道：「沒事。」

他沒多說，秦苒若有所思地看他一眼，點點頭，沒再問。只是回到自己位子上，想了想，點開徐校長的大頭貼——

『我還能再加一個人嗎？』

徐校長：『……』

與此同時，研究室的門被人敲了敲，來人是一個中年男人。

左丘容也剛好從洗手間出來。

聽到中年男人開口：「葉明橋跟秦苒在嗎？廖院士跟路院士在做研究，忘了時間，方院長他們讓我來找你們，車子就在實驗室門口。」

「姜主任？」左丘容看著中年男人，失聲開口。

研究院的負責人姜主任，左丘容怎麼可能不認識？

姜主任看了看左丘容。他不認識葉學長，但認識秦苒，而左丘容的樣貌陌生，肯定不是兩人之中的一個，所以姜主任只朝她頷首。

「兩位可以準備一下嗎？」姜主任看向實驗室的另外兩人，語氣十分有禮。

早上接近七點的時候，路院士跟廖院士就走了。

臨走時，對葉學長說過研究院的人不久後就會來找他，只是一個上午過去，都沒有人來，實驗室的幾個人都以為那些人不會來了。誰能想到，午休剛過，研究院的人還真的來了……

秦苒還在用手機，徐校長那邊一直顯示著「正在輸入中」，但一直沒回。

她看了一眼，就把手機「咚」地一聲扔回桌子上，拉開抽屜，從裡面拿出一個藍色的資料夾。

「葉學長，這些是你給我的資料，我重新整理過的，」秦苒隨手把資料夾遞給葉學長，「要麻煩你跟他去一趟了，我這邊還有其他事。」

「小學妹，這可不行……」葉學長回過神來，下意識拒絕。

這種情況下，誰都知道去了研究院才會被研究員們記住，尤其是那個中年男人說機會十分難得。

見葉學長不接下，秦苒拉開椅子站起來，直接把資料夾拍在他身上，不容拒絕：「你去。」

門口的姜主任還在等著。

看秦苒那樣子是堅決不去了，葉學長最後沉默地看了秦苒一眼，什麼也沒說，就拿著資料夾跟著姜主任出去。

姜主任知道這是研究院那幾位院士都看中的人，對葉學長的態度熱情有禮，還讓了一條路。

兩人越過在門口不遠處十分僵硬的左丘容，直到葉學長離開後很長一段時間，她還站在原地沒有回過神，呆若木雞。

剛剛姜院長的話她聽得一清二楚，方院長的車就停在物理實驗室外面，能讓方院長出動，秦苒肯定是發現了什麼東西，而葉學長今年被評為研究員四級基本上是鐵板釘釘。

姜主任是研究院的負責人，是她跟葉學長都要仰望的人物。

回想起姜主任剛剛對葉學長的態度……葉學長將在年底被評為研究員四級已經不夠左丘容驚訝了，她能想像到，被姜主任跟幾位院士看好的葉學長，今後的路途將會多坦蕩。

原本……她也有這個機會的……

左丘容的目光轉向正在看手機的秦苒。

若她不知道這件事也就罷了，可是當初葉學長不只一次跟她說過秦苒的事，那時候的左丘容滿心被嫉妒吞噬，根本就聽不進去。一個擺在面前唾手可得的機會，就這麼被自己摒棄，左丘容蹲在地上，把頭埋在雙腿裡。

坐在椅子上的秦苒心無旁貸地打開文件。

手機上，一直在輸入中的徐校長終於傳來一句話——

『……誰？』

秦苒放下鍵盤上的手，單手戳著手機回覆。

『我學長，實驗室的。』

對面一直磨磨蹭蹭的徐校長這次回覆得格外爽快。

徐校長：『把資料給我，我現在就去申請。』

秦苒挑了挑眉，把葉學長的基本資料傳過去。

徐校長的申請還要一兩天審核，秦苒想了想，也沒跟葉學長說，決定等審核下來再問他這件事。

他們團隊本來就有四個人，再多一個葉學長，效率應該會更快一點。

葉學長雖然什麼都沒說，但秦苒也能感覺到他跟左丘容之間的矛盾大多源於自己。

*

研究院——

穿著深黑色服裝的老人站在研究室外，看著裡面的一群研究員，眸色漸漸轉深。

身側的中年男人轉身看向老人：「方院長，那秦苒……」

「寧海鎮的人。」方震博轉過身，他的聲音特別啞，聽上去略顯刺耳。

「真的是她……」中年男人的臉色一變。

方震博抿唇，站在玻璃窗外看著裡面，半晌才轉身開口：「有連絡到博物院的人嗎？」

「博物院的院長在跟我們打馬虎眼，他們說找不到。」中年男人回過神，皺眉。

「怎麼可能，」方震博說得很緩慢，語氣平淡，「你繼續盯著。」

*

論器材，沒有哪裡比得過研究院。

廖院士跟葉學長一行人在研究院待了一天都沒有回來。

晚上十點，程木來接秦苒回去。這兩天程雋也很忙，除了博物院那邊，還要隨時聽程衛平對秦陵傷情的報告。

秦苒停在玄關旁，換上拖鞋，又脫了外套，隨手掛在一旁。

程木跟在她身後進來，「秦小姐，廚師留了宵夜。」

秦苒拿沙發上的抱枕坐下，頭往後仰，伸手按著右手手腕，聞言稍微抬頭，語氣略顯疲憊：「不用了。」

程木充耳不聞，他去廚房把宵夜端來，放在秦苒面前的茶几上。

秦苒抬頭，面無表情地看向他。

「雋爺吩咐的。」程木連忙開口。

這是程金教他的新技能，在其他方法都不管用的情況下，在兩人面前搬出對方的名字就行了。

好吧。

秦苒拿著勺子，慢吞吞地吃著。

程木又想起了什麼，走到一旁拿了厚厚的三疊文件過來，放在秦苒手邊：「我今天去醫院時秦管家給我的，好像是什麼選拔資料。」

這東西是給秦苒的，程木也就沒看，一直祕密保存到現在。

「選拔？」秦苒一手拿著勺子，一手翻著三疊文件。

應該是秦四爺出給秦陵的難題……裡面是一堆程式文件，繁瑣複雜。

秦苒看了第一面，就隨手放在一旁。

「秦管家說要妳把它看完，內容應該有些複雜。」程木坐在一旁，認認真真地把秦管家的話說給秦苒聽。

秦苒敷衍地點頭，「知道了。」

她吃完，程木把碗盤收到廚房，再出來時秦苒還坐在沙發上，腿上放著一臺電腦。

程雋也還沒回來。

「秦小姐，妳早點睡。」程木跟秦苒打了個招呼就下樓。

他明天上午跟老園丁約了商量花木的事，程木決定晚上多做一些功課。

晚上，接近一點，程雋才拿著鑰匙開門，身後還跟著程金。

外面走廊的燈光有些暗，門內卻露出一絲光。

程金拿著手機，開口跟程雋說：「歐陽薇連絡了我，她似乎看到了你在一二九下的單，雋爺，你……」

程雋打開門，客廳的燈沒關。

程雋一抬頭，就看到坐在沙發上的人，對方耳裡戴著耳機，手上拿著她那臺沉重的黑色筆記型電腦，正坐在沙發上處理資料。漆黑的長髮鋪在雪色的睡衣上。

他看了程金一眼，程金立刻收到信號，不再說歐陽薇的事。

即使戴著耳機，門外的動靜秦苒也聽到了，她取下一邊耳機，看向門口，又繼續低頭不緊不慢地處理資料。

「雋爺。」程金也在門口換了雙鞋，壓低聲音。

程雋懶散地「嗯」了一聲。

程金換好鞋，「您幫秦小姐換臺電腦吧。」

說完後，也不等程雋反應，程金又走到秦苒面前，「秦小姐，晚安。」

他跟秦苒打了個招呼，就連忙轉身下樓，至於其他生意上的事……程金不敢繼續拿出來煩程雋。

程雋還站在門邊，他已經換好了鞋，保持著看秦苒電腦的姿勢。

秦苒的電腦看起來確實跟其他人不一樣，很厚，外表確實挺舊的，程雋記得她從高三就一直用這臺電腦。

他滿臉複雜地去飲水機倒了杯水回來，擠到秦苒的身邊，看著她悶聲笑了笑。

他沒想到有一天，會被人說小氣。

秦苒取下另外一邊耳機，掃了他一眼。

「不是，妳換臺電腦吧，我姊跟程金都覺得我虧待妳。」程雋伸手替她的檔案存檔，然後闔上電腦。

「這是我自己組裝的。」秦苒看著他把電腦收起來，也沒阻止，只是挑眉。

當時手邊器材有限，組裝得不是很好看，但絕對比雲光財團的任何一部電腦還好。

程雋點點頭，他站起來，眼中帶了笑：「我也覺得挺好看的。」

就是主人沒什麼審美。他低頭看了看手中拎著的電腦。

「明天晚上不用等我回來了，」程雋把電腦跟一堆文件放在她的桌子上，長長的睫毛垂得很低，盛極的容顏在燈光下顯得柔和，不似平日暗藏著鋒銳。

他伸手輕撫著她的腰，好看的眉頭擰起：「都瘦成什麼樣子了。」

秦苒沒說話，她只是在想程雋遞給一二九的單。

她雖然戴了耳機，但那只是習慣，客廳裡沒人，很安靜，她其實聽到了程金跟程雋的對話。

「苒姊，妳聽到沒有？」程雋低頭，滿身清洌的氣息靠過來。

秦苒眉眼散漫又敷衍地「喔」了一聲。

等程雋回去，秦苒才打開電腦。隨手按出網頁，找出一二九的網頁，登入自己的帳號。

帳號就是兩個簡單的「孤狼」。

秦苒隨意地看了一眼，直接點進主頁面。

孤狼

高級會員

許可權『無限制』

待接單『1』

常寧已經把他的單子劃到她的名下了。

秦苒點開那一單，表情十分複雜。

若是其他事情，哪怕是查她的身分，她都不會這麼猶豫。可偏偏程雋查的是七一二爆炸事件的始末，那段被她刻意掩蓋的過去……

秦苒往後靠，睫毛在眼瞼上覆下一層陰影。

七一二的案子早就結案了，就連錢隊跟封樓城知道的，都不是全部的真相。

程雋不太像那麼充滿好奇心的人。秦苒大概能猜到，他估計是想知道她在裡面扮演了什麼角色……

正因如此，秦苒才更糾結，她伸手蓋住了眼睛。

*

幾天後，秦苒交上去的觀察報告在研究院鬧出有點大的動靜。

那天去研究院的是葉學長，他在研究院中漸漸展露頭角。

「小葉，報告我已經遞上去了，」物理實驗室內，廖院士看向葉學長，語氣一如既往地平淡，「經過一個月後的評估，你將正式成為研究員，會在研究院擁有自己的實驗室。」

說到這裡，廖院士的嘴邊罕見地露出了笑。

葉學長看了眼第二層正在做實驗的秦苒，搖頭，「那份觀察報告從頭到尾都是小學妹做的，我……」

「運氣也是實力的一部分，」廖院士也看向秦苒，聲音頓了頓才轉移話題，「你今天怎麼沒跟你學妹一起去參加那個航太項目？」
左丘容一早就不在實驗室，昨天晚上走之前，就跟廖院士說她今天要去參加那個專案。
葉學長沉默了一下，然後抬頭笑，「我手頭有其他事情，兼顧不來，只能先退出學妹的航太項目了。」
廖院士沒想那麼多，他看了眼葉學長，略微頷首：「那航太項目不參加，確實有些可惜，不過你已經是準研究員了，以後有更多機會。」
下午五點，左丘容喜氣洋洋地回來。
看她的樣子，得到的名次肯定不會太低。
「廖院士，」左丘容把獎盃遞給廖院士，她的聲音明顯很大，「我們的團隊拿了全國第三，一等獎。」
國內比賽分為特等獎一名，一等獎兩名，二等獎三名，三等獎四名。
前十名都能拿到名次。
國內第三，一等獎，又是國家級的項目，這確實是個非常不錯的名次。
廖院士也詫異地看向她，有些出乎意料，「第三，確實不錯，我當時預想你們最好的成績是二等獎。」
左丘容笑了笑。
實際上這個第三名，一大部分是因為葉學長負責的那一塊。幾個評審在她跟另外兩個隊伍中抉擇三四五名，最後因為葉學長負責的那一塊，他們拿到了第三。

第三跟第四只差一名，但一等獎跟二等獎卻是天差地別。只是這件事，左丘容卻沒有提。

廖院士誇過之後，左丘容拿著獎盃回到自己的桌旁，特意觀察了一下葉學長的臉色，只是……他的表情卻跟以往沒什麼兩樣。

秦苒現在還在做實驗。她手邊的手機響了一下，是徐校長。

『**名字報上去了。**』

六點，葉學長跟自己的室友在食堂吃飯。

「你是不是傻？研究都做好了，憑什麼便宜左丘容？」室友怒其不爭，拿著筷子也不吃飯，「你不喜歡她的人品，就更不應該便宜她啊，拿著自己研究的部分帶著兩個學弟飛多好？」

葉學長低頭，繼續不說話。

他也有些後悔，秦苒給他的策畫表，他雖然沒有拿給左丘容看，但他做的時候是參考了她給的策畫。

有一部分他不太懂就略過，只用了不到三分之一。

他交出研究的時候太衝動了，應該把秦苒提供的方向扣下來的。

「這個項目一年就一次，每年拿到前三的都是絕佳團隊，」室友見他的樣子，不由得搖頭，「今年的這個機會沒了，你……」

室友還想說話，卻見不遠處有一道清瘦的身影走過來。

「葉學長，」秦苒把圍巾往下拉，眼睫垂著，聲音又清又冷，「我這邊有個項目，你有時間參加嗎？」

她想了想，又解釋：「因為人手不足，下個月就開始了，所以我們有點忙。」

葉學長本來有些猶豫，他不想再占便宜，但聽秦苒說人手不足，立刻點頭，「好。」

秦苒把手中列印出來的表單遞給他，「我還有其他事，你幫我跟院士請個假。」

她今天要去秦家總部。

葉學長接過單子，手頓了頓，略微抬頭：「好，小學妹妳晚上有事？」

同在實驗室，葉學長自然也知道秦苒最近很忙。

「有件事，可能趕不回來。」秦苒低頭看了眼手機，把圍巾往上拉了一點，聲音有些含糊不清。

秦家初選的時間在晚上七點，畢竟是一大家族的選拔，十分正式。

一般大家族的繼承人會有專門的人按照選拔要求培養，秦四爺就是經過專業培養。選拔難度有高有低，他為秦陵定下的，就是最高難度。

葉學長站起來，送秦苒出去才坐到自己位子上，跟室友繼續吃飯。

室友拿著筷子，看著秦苒離開的方向，然後轉頭面無表情地看向葉學長，把筷子往桌子上一拍：「我靠，葉明橋，秦苒是你小學妹，你怎麼都沒跟我們說過？看我們在寢室群組裡聊她，你是不是很開心？」

剛剛還很同情葉學長的室友現在看著他，臉上完全沒了同情，吵著問葉學長好幾個問題。

演藝圈很現實，一個人如果長時間沒出新聞，一定會被網友遺忘，漸漸沒了熱度。

秦苒現在也沒有熱搜，只是一個月了，她的熱度一直高居不下。

問完之後，室友才看向葉學長放在桌上的單子，「她給了你什麼項目？」

葉學長拿起筷子，朝那邊看了一眼，「不知道。」

「我看看。」室友有些激動，也不吃飯了，拿起單子就翻開白紙封面。

後面是葉學長的基礎報告，再後面是一張報名表，室友念著標題：「核子反應爐研究專案，ICNE決……」

他本來激動地念著，說到這裡，忽然有些說不下去了。

只抬頭，一臉震驚地看向在吃飯的葉學長，「我是不是念錯了？葉明橋，你……你自己再念一遍……」

室友把報名表還給葉學長。

葉學長拿著筷子，淡定吃飯的手也猛然頓住，直接接過報名表。

秦苒要參加下個月的ICNE比賽這件事，葉學長自然知道，後來秦苒說她有老師時，葉學長也猜應該是她老師幫她在一個隊伍中留了一個外國隊伍的名額。

可現在……

葉學長低頭，看著最後一行。

隊長：秦苒

隊員：南慧瑤、褚珩……

這整個團隊都是秦苒的？

室友坐在位子上思考了一下人生，又轉過頭來看葉學長手中的表格，現在他確定了自己沒有看錯，「葉明橋，別看了，我幫你確定了，就是ＩＣＮＥ決賽，她果然不能用常理去推測……」

室友再也不替葉學長說可惜這句話了。

ＩＣＮＥ決賽，每年國內能去參加的都是實驗室研究博士領域的頂尖團隊，有專門的老師帶隊培養。

跟這個比起來，葉學長之前那個航太推動器研究不過是牛腿上的一根毛。

兩者的差距猶如西瓜跟芝麻，根本無法比較。

第六章　繼承人選拔

秦苒走出大門，程木的車就停在不遠處。

他一直注意著大門的方向，看到秦苒出來，立刻下車打開後座門。

「現在可能會有些塞車。」

程木看了後視鏡一眼。

實驗室距離秦家總部沒有特別遠，若是平時，開車半個小時就能到了。不過現在是六點，尖峰時段，程木就算繞路也很塞。

秦苒從背包裡拿出耳機戴上，語氣漫不經心，帶著倦意。

「到了叫我。」

她靠著椅背，一手撐著車窗，大衣的帽子被她扣在頭上，看不清臉。黑色的耳機線順著她的動作滑到白色的衣領上。

程木還不知道秦苒今天要去秦家總部幹嘛，從後視鏡看到秦苒睡著了，他伸手調高了溫度，順便把車內的音樂也關了，安靜地開到大路上。

放在前面的手機響了一聲。程木看了一眼，是程雋。

他直接按一下耳朵上的藍牙耳機，聲音嚴肅：「雋爺。」

那邊的程雋取下手套，隨手扔到桌子上，低聲說，『接到人了？』

程木朝後視鏡看了一眼，「剛上車，已經在路上了。」

程雋站在古老的博物院大門口，看著周圍漸漸亮起來的燈。

半晌，他眉眼垂下，「好。」

身後，程金推了一下鼻梁上的眼鏡，硬著頭皮上前：「雋爺，該走了，幾個堂主那邊……」

程雋手上把玩著手機，沒有說話。

過了一會兒，他將手機一握，眉眼抬起，眸色平靜，「先去一趟秦家。」

接近七點，程雋的車停在秦氏總部大樓旁。

「雋爺？」坐在另一輛車駕駛座上的程木看到身旁停著的車，詫異地打開駕駛座門。

程雋從後座下來，看著秦氏大樓，極長的睫毛垂下，站在寒風中身形挺拔，卻不見往日的懶倦，顯得過分疏冷。

他在原地看了一陣子才移開目光，看向程金，眉宇挺淡：「鑰匙給我，我自己去機場。」

程金立刻將自己的鑰匙遞給程雋，程雋將車開往機場。

「怎麼了？」等那股迫人的氣息消失了，程木才敢詢問。

程金摸了摸鼻子，側身，「徐家打通了美洲命脈之後，幾大家族都蠢蠢欲動，程家還為了這個開了不少次會議。前幾天二堂主跟大堂主去了美洲，昨天就沒了消息，聽說大少爺還在找歐陽薇，想要一二九查那兩人的消息……」

若是一二九能出手，尤其是那幾個高級會員，肯定能得到消息。像歐陽薇這種中級會員也不是專門接單的會員，就難了。

程雋這一趟去美洲，最少要十天左右。

「程家的事情就不要告訴秦小姐了。」程金囑咐了程木一句，「雋爺說她最近太忙了，好像下個月還要去參加什麼比賽……」

程木點頭，「你放心！」

*

秦家總部——

秦苒已經進了大門。總部在晚上依舊燈火通明，有人在上班。

她拿出卡進了電梯，這張卡是秦管家讓程木帶給她的，她按下十二樓。

十二樓的大型會議室，中間是一張長桌，秦四爺、股東、秦管家跟秦修塵都正襟危坐，大多數人身邊都跟著祕書。

「秦管家，大小姐怎麼還沒來？你跟她說清楚時間了嗎？」阿文站在秦管家跟秦修塵中間，跟秦管家竊竊私語。

秦苒這件事一直是秦管家負責，秦修塵並沒有過分插手，一來他不太懂程式，二來是……羞愧。

秦陵醒來後，他就該回美洲拍戲了，但一直沒去，等著秦苒參加完選拔。

秦管家也垂頭看了下手機上的時間，六點五十八分了，今天本來就打算破釜沉舟的他現在也有點心急，「我特地跟大小姐說了時間，還讓程木先生叮嚀了好幾遍，程木先生不會忘了吧……」

「應該不會，」秦修塵跟秦苒相處的時間最多，他搖頭，「苒苒一向很守時，再等兩分鐘。」

這三個人都有點急，坐在會議桌旁的股東們也有些不耐煩了。

「六爺，小少爺他還來不來？」

秦四爺將一行人的不耐煩看在眼裡。

外面的門被推開，秦四爺的手下進來，附耳在秦四爺耳邊說了一句。聽完，秦四爺笑了笑。

他放下文件，然後站起來，雙手撐在桌子上，似笑非笑地看向秦修塵等人，「秦管家，據我所知，小少爺現在還在醫院休養，你們確定會有人來？」

秦四爺拉開椅子，看向諸位股東，微微彎腰，嘴邊帶著笑：「今天恐怕是讓各位白跑一趟了，沒有人會來，明日我給大家賠罪，請回吧。」

此話一出，股東們面面相覷，擰眉看向秦修塵，臉上染上了一層怒意。

「六爺，你讓我們在這裡乾等了半個小時……」

六點五十九分。

股東們的話還沒說完，會議室的大門就被人推開。

一行人朝門口看去，手裡拎著外套，身上只穿白色連帽衣的女生往裡面走了一步，微微抬著下巴，朝人群淡淡地看了一眼。

幾個惱怒地和秦四爺一同起身的股東們頓時止住聲，熱鬧的會議室再度安靜下來。

股東們有人認識秦苒，有人不認識秦苒，但無一例外地，全都靜靜看著那個女生不緊不慢地走進來，一雙黑眸銳意沖天。

「小姐，妳來了。」

秦管家都想打電話詢問程木是不是陷害他了，此時看到秦苒，他拉開椅子站起來，在他身邊站著的阿文終於鬆了一口氣。

秦修塵自始至終，臉上都保持著淡定的樣子。此時也站起來，側身看向會議桌旁坐著的股東們，下巴微抬，語氣不急不緩：「這是小陵的姊姊，秦苒，也是這次代替小陵參加繼承人選拔的人。」

因為這句話，安靜的會議室又響起低聲討論的聲音。

秦四爺也重新坐回椅子上，將目光從秦苒臉上轉開，又看向秦修塵，眼睛瞇起，「你確定要讓大姪女來參加嗎？機會只有這一次。」

難怪秦陵沒有出現，原來是找了秦苒。

秦四爺猜不透秦管家等人在想什麼，秦苒在物理實驗室的事，秦四爺已經找人打聽過了，還曾經讓秦語拉攏過對方，只是沒有成功。

秦修塵淡淡點頭，語氣沒什麼變化：「沒錯。」

「還有一件事，因為小姪子換成了大姪女，她的年齡超過了十五歲，選拔內容有了新的改變，內容一樣，但用的是成年人的標準……」秦四爺若有所思地看著秦修塵。

他知道秦修塵是個演員，擅長演戲。此刻秦修塵這副淡定的模樣，不知是演的還是真的淡定……不管是不是演的，秦四爺都不會冒這個險。

他剛說完，秦修塵抬了抬頭。

阿文跟秦管家都臉色一變，秦管家「砰」一聲拍了桌子，不可置信地看著秦四爺，秦陵的考核內容本來就難了，他竟然還要往上加難度：「四爺，您這分明是為難……」

「管家，人選變了，考核內容自然也會變，」秦四爺微笑著開口，順帶舉起右手，「我這也是為了秦家未來的發展，不然你問問在座股東的意見。」

股東們都是利益為先，此時自然支持秦四爺，「沒錯，不同的人，標準自然也不一樣。」

「六弟，」秦四爺的目光轉向秦修塵，笑得輕鬆無比，「雖然考核難度變了，但股權也變了，按照繼承人標準，最高能拿到百分之十八的股權。」

比秦陵一開始的標準多了百分之八。

當然，在場一眾股東都知道這根本就是無法通過的考核，百分之十八只是一個看得到吃不到的餡餅。

秦苒就站在秦修塵身邊，表情從容不迫，就是眉宇間有點冷。

聽到百分之十八的股權，她抬了抬眉眼，白皙的手指摸著下巴，思索了一會兒，側身問阿文：「百分之十八？」

秦氏掌握著最高股權的就是秦四爺，百分之五十一，也有一票否決權。繼承人股權的百分之十八將會從秦四爺這裡轉讓。

秦四爺在秦陵的意外中也有摻一腳，只拿百分之十八的股權，太少了。

她覺得太少了，可是對秦管家等人來說，已經是他們這麼多年來見到的最高股權。畢竟秦修塵手裡也只有百分之十三。

阿文也很氣憤，聽著秦苒的話，他以為秦苒是在擔心這個考核，連忙開口：「百分之十八是繼承人最高的考核標準，也是最高的股權，比小少爺之前的標準難了一倍多，您放心，六爺跟管家不會答應的……」

那百分之十八就是最高標準了。

秦苒淡淡點頭，側身看向秦修塵跟秦管家，聲音很輕：「答應他吧。」

「可……」秦管家抿唇，氣得滿臉通紅。

本來秦苒代替秦陵參加這個選拔，秦管家就有些不安了，這個時候秦四爺還突然為難。

秦家的選拔本來就是個儀式，尤其是成年人的考核，當年只有老爺通過，訂下的也只是標準，而秦四爺鑽了這個標準的漏洞。

秦四爺擺明不想讓嫡系一脈回來！在這麼多股東面前，他連裝都不想裝了！

「你拿他也沒有辦法，」秦苒的語氣從容，「爭也爭不出個所以然，早點答應，早點弄完，我還有個實驗。」

秦管家也知道跟秦四爺爭不出什麼，到最後也答應了。

看到秦管家一臉憤懣的樣子，秦四爺笑了一下，「秦管家，何必這樣？我也拿了百分之十八的股權出來，先去隔壁工程室。」

繼承人選拔這件事十分重要，考核的內容涉及到各方面。地點就在偌大的工程室，工程室內放著兩排電腦，前面一排的電腦前分別坐著七個高層主管，是今天測試繼承人標準的老師，而後面一排電腦都開著。

看到秦四爺等人過來，這七個人連忙站起來，十分禮貌地打招呼：「秦總。」

他身後，秦修塵慢慢走在秦苒身邊，秦管家跟阿文落後兩人一步。

「苒苒，這幾輪考核別緊張，秦家的重任不在妳身上，」秦修塵淡淡開口，「就算沒有這次機會，小陵以後也會自己重新奪回來的。」

「我知道。」秦苒點點頭，語氣平淡，聽不出緊張的情緒。

看她很淡定、有信心的樣子，秦管家跟阿文被秦四爺激怒的表情緩和了許多。

一行人進去，秦苒看著亮著的七臺電腦，腳步頓了頓。

「怎麼了？」秦修塵停下腳步，手揹在身後看著她。

秦苒抬頭，壓低聲音，「你們還分了七臺電腦？我要從左邊第一臺電腦開始嗎？」

這句話一出，秦管家跟阿文忽然沉默下來。

半晌，秦管家抬頭，張了張嘴，有些艱難地開口：「這次是綜合考核，七臺電腦分別代表著一門考核，由七個高層主管看著……小姐，這些我給您的那堆文件上寫得很清楚，您……您沒有看嗎？」

那些文件是庫克先生整理的一堆資料。

秦管家知道秦苒聰明，本身又有底子，這些資料給她看一定會很有用。

可是……秦苒要是沒看……

秦苒回避了秦管家的那個問題，抬頭望天花板：「我知道了。」

她直接走到工程室裡面。秦管家跟秦修塵等人當然不能進去。

工程室的門關上，秦四爺站在門口看了一會兒，然後微笑地看向秦修塵，非常禮貌地邀請：

「六弟，要不要跟我們一起回會議室看監視畫面？」

「不用。」秦修塵手上拿著手機，淡聲拒絕。

等秦四爺一行人離開了，阿文才看向秦修塵跟秦管家，「四爺這次明顯是故意的，成年人最高等級，明天的系統……」

「先等她出來再說。」秦修塵站在原地沒有動。

秦管家沒說話。今天晚上的選拔都不一定能過……

想到這裡，秦管家拿出手機，瞇著眼睛點開微信，在列表裡找出程木。

他有些老花眼，打字慢，半晌才傳出一句話——

『程木先生，我讓您帶給小姐的檔案，小姐她有沒有看過？』

此時的程木還坐在車子上跟程金聊天，看到秦管家傳的訊息，他不由得瞇眼想了想，然後老實地回——

『沒有。』

『不過秦小姐有時間都會詢問雋爺公司上的一些事。』

看到程木的這個回答，秦管家更加自閉了。

阿文湊過來，「秦管家，您沒事吧？」

秦管家搖頭，然後把手機上的訊息拿給他看了一眼。

阿文看完，表情倒沒有秦管家那麼一言難盡，只是搖頭。

「秦管家，四爺擺明就不想讓小姐通過，她就算看了也沒什麼用。六爺說得對，別給小姐太大的壓力。」

秦修塵站在玻璃窗外看了一會兒，聽到阿文的話，轉回視線，「我們回會議室，在這裡會給她壓力。」

「對，我們回去吧。」秦管家雖然想看，但秦修塵說得沒錯。

三個人再度回了會議室。

秦苒已經停在第一臺電腦面前。

「秦主任，四爺把標準提高了，你覺得大小姐她可以嗎？」

工程室內，七個高層主管也互相咬耳朵。

秦主任瞇眼看著秦苒，他今年不過三十歲，是工程部的，平常也會看微博，更玩遊戲。秦苒那件事鬧得轟轟烈烈，他當然也知道，聞言，頓了一下，「大小姐她應該會有點出乎我們的意料……」

「是嗎？」他身邊的男人聽到秦主任這麼說，愣了愣。

秦苒坐好，上下掃了一眼電腦上的內容。

繼承人考核，大部分都是關於軟體方面的內容。

秦家之前也是四大家族的一員。秦苒聽程雋說過，凡是四大家族的繼承人，除了專業能力上的要求，還有一點就是公司經營跟管理，這是秦苒很少接觸到的方面。

她在雲光財團只負責技術開發，公司經營的部分從來不參與，其他人包括陸知行都不會拿這些來打擾她，所以這個星期，程雋為秦苒講解了不少公司經營決策上的事。

秦苒比秦漢秋好教多了，舉一反三的能力不在話下。

不過再聰明的人，一個星期的時間還是不足以將公司的事情弄清楚，程雋就教了她用來嚇唬的決策，他預測到秦四爺會拿秦氏的事情來考秦苒，就把秦氏最近發生的事情都收集起來，為秦苒講解了一遍。

這第一臺電腦上的內容，就是管理制度跟經營決策，還有一系列該不該進行投資的分析。

秦苒看了一眼，內容跟程雋分析得差不多。

不過這是她的弱點，只花了一個星期學這個的秦苒，回答這些經營決策跟管理制度的時候，速度完全不像算物理那麼得心應手。

尤其秦四爺秉著不讓她通過的想法，有不少經營決策都有些矛盾。

只是秦苒記性好，她會停下來想想程雋跟她講過什麼，程雋的分析很到位。若是他本人在這裡，他會發現凡是他講過的例子，秦苒都一字不漏地寫出來了。

有他沒講到的，秦苒就舉一反三，一系列經營決策回答完，用了一個半小時。

整個繼承人選拔考的時間不過兩個半小時。正常情況下，最少要在半個小時內解決一臺電腦，才有可能全部完成。

第一臺電腦都是決策性問題，占比也只有百分之十，難度最低，後面的六臺都是工程軟體系統的問題，難度根本不是第一臺電腦的內容能比的。

秦苒在第一臺電腦就花了一個半小時……

現場，一直關注她的秦主任不由得皺了皺眉。

身為九州遊的玩家，他對秦苒有所期待。可現在看來……秦主任有些失望。

他身邊的男人不由得側過頭，看著秦主任，微微搖頭：「秦主任，我看這大小姐很普通啊……」花了一個半小時才做完決策，這在秦家一眾年輕一輩面前，太普通了。

秦主任站起來，「我先出去一趟，時間到了叫我。」

他不想再看下去了。

工程室內的高層主管們都說話了，會議室內一直看著監視畫面的秦四爺跟股東們反應更大。監視畫面看不到電腦上的內容，只能看到秦苒的背影，不過即使是這樣，眾人也看到秦苒在第一臺電腦前待了一個半小時。

時間只剩了一個小時，還剩下六臺電腦，還都是代碼系統的問題。難度一個比一個高，尤其最後一臺電腦，是要補足全公司內防火牆的漏洞，就算是公司的技術型人員也要花一個小時才能補完。

秦四爺敢讓她參加繼承人選拔考，也是因為這考試內容太變態了，普通人根本就完成不了。

秦四爺心中的最後一點疑慮都消失了。他靠著椅背，看向秦修塵，端著茶杯笑。

半晌後，秦四爺收回目光，正好看到螢幕上的秦主任離開，他失笑：「那不是技術部的秦主任嗎？他那麼急幹嘛？或許大姪女能解決第二臺電腦的程式。」

會議桌旁，一行股東乾坐了一個半小時。

其中不乏有人在觀望，想要在秦四爺跟秦修塵之間選邊站的人都收回了想法。

任由秦四爺跟其他人發聲，秦修塵跟秦管家都沒有什麼動靜。

秦管家知道秦苒不會做決策，他低聲跟秦修塵說，「六爺，小姐她應該會解決完第三臺電腦的系統程式……」

只剩下一個小時，但秦苒並不是小白。她四年前就能自己編寫程式，秦管家覺得她能解決三個漏洞。至於品質問題……那就另當別論了。

會議室裡，大部分的人都在聊天。秦主任的離開、工程室內其他高層主管的交流，動靜都不小，然而秦苒都沒被影響。

她終於把經營決策做完，點了提交，直接到第二臺電腦前。

點了提交之後，電腦上的內容會直接傳到第一位高層主管的電腦上，只是現在高層主管沒有看，只是低頭看著手機，等一個小時過去直接離開。

會議室內的股東也在聊天，秦四爺在跟股東們聊經營分析上的問題。

五分鐘後，一行人正聊著，其中一個股東卻愣愣地看著監視畫面。

「怎麼了？」秦四爺一邊說，一邊轉頭看監視畫面。

秦苒從第二臺電腦前站起來，走到第三臺電腦。

秦四爺笑了笑，「看來大姪女似乎是做完了……」

十分鐘後，秦苒走向第四臺電腦。

秦四爺斂起了笑。

二十分鐘後，秦苒走向第五臺電腦。

會議室沒了聲音。

半個小時後，秦苒走向第六臺電腦。
四十分鐘後，秦苒走向第七臺電腦。
五十分鐘後，她出來了。
會議室裡的股東連一口粗氣也不敢喘。連秦修塵都忍不住站起來，盯著螢幕。
吱呀——會議室的大門打開。
大門外，秦苒正不緊不慢地走進來。
所有人的目光都在她臉上。
她抬手，看了看手機上的時間，左手的紅色鐲子隨著她的動作滑到白色衣袖中，眉睫垂下：「九點五十分，時間還沒到。」
辦公室內安靜了一分鐘後，一部分的股東清醒過來。
「妳都做完了？」秦四爺現在也不叫大姪女了，只瞇眼看向秦苒。
秦苒拉開秦修塵身邊的椅子坐下，靠著椅背，交疊雙腿，眼睛半瞇著，有些睏倦：「差不多，你讓那幾個老師檢查吧。」
她走的時候，一眾高層主管都目不轉睛地看著她，沒有動手看電腦上的資料。
「去通知七位高管，順便把秦主任也叫回來。」秦四爺側頭看身邊的手下，嘴角勾起了笑，「大姪女可真厲害，十分鐘完成一個系統工程。」
這句話自然不是在誇秦苒。
秦四爺自己訂的難度，他自己清楚。這種難度的系統工程，不說前面，最後一臺電腦別說有時間限制，就算沒有，技術工程部的人也很難做出來。

每個系統工程，秦苒都花了十分鐘左右，尤其是前面兩個程式設計，她只用了十分鐘。這在秦四爺眼裡，根本就不現實。

秦苒說自己做完了，但做完跟完成度不同，百分之一的完成度跟百分之七十的完成度更是天差地別。

現場的其他股東也面面相覷，對比前面，秦苒後面那十分鐘寫完一個系統實在太變態了。

「六爺，我去看看他們評測。」秦管家站起來，在秦修塵耳邊說了一聲，就跟著秦四爺的手下一起去了外面。

會議室內。

「小姐，妳真的都做完了？」阿文忍不住低頭，小聲詢問秦苒。

秦苒低頭看著手機，回了則訊息給程雋，還沒有收到回覆。

她手抵在唇邊咳了一聲，漫不經心地「嗯」了一聲。

那邊檢查、評測系統還需要一段時間，經營決策需要幾個高層主管一起討論，後面的系統工程需要進行評測，要花的時間不短。

秦苒握著手機，轉身看向秦修塵，轉過腦袋：「我現在能離開了嗎？」

時間也不早了，秦修塵首先拿起外套站起來，「我送妳下去。」

兩人一起走出了會議室。

身後一群閒聊的股東跟秦四爺的注意力一直在秦苒身上，看到她跟秦修塵離開，秦四爺笑得跟以往沒什麼兩樣：「六弟，你們不等結果了？說不定大姪女的完成度能達到百分之六十啊。」

秦苒花不到一個小時的時間就做完了所有系統程式題目。

這些股東們一個都沒有想要離開的意思，雖然幾乎都覺得秦苒不會通過這個考試，但都想要等最後結果出來。

成年人的測評，百分之八十五就算成功了。不過即使是百分之五十，秦家這麼多年也沒人達到過。

大部分的股東聽到秦四爺的話，只笑了笑。

「不了，時間太晚。」秦修塵跟諸位股東一一打完招呼，就帶著秦苒下樓。

秦氏總部對面。

程木坐在駕駛座，程金坐在副駕駛座，裡面的燈是開著的。秦苒跟秦修塵抵達的時候，兩人還在組隊玩遊戲。

程木像感覺到了什麼，連忙把手機往前面一扔，開門下車。程金抬頭本來想問一句，正好看到停在路邊的秦苒跟秦修塵，他也放下手機，打開副駕駛座的門。

一邊下車一邊看程木的方向，心下猶疑……他都還沒感覺到有人來，程木的感官什麼時候變得這麼靈敏了？

程木一向話不多，程金跟秦苒打完招呼之後才跟秦修塵介紹自己，態度十分尊敬有禮：「秦六爺，我是程金。」

程雋身邊的五大手下，秦修塵自然有所耳聞，在京城這個圈子裡，他們的地位比得上一般家族的繼承人。程雋在這個圈子裡沒人敢惹，他身邊的幾個心腹也一樣，尤其是程金，京城裡傳言程金似乎跟程溫如有些平起平坐。

秦修塵自從知道程雋的存在後，第一次見到程木、程金一行人。但他還沒想好怎麼跟他們介紹自己，程金就向自己行了個大禮……？

路邊的燈光不怎麼亮，秦修塵的半邊臉籠罩在陰影裡。

秦苒指尖轉著手機，沒注意到他臉上的神色，只看了看周圍，眉眼看不出情緒的波動：「那我們就先走了。」

秦修塵微微頷首，「路上小心。」

他站在原地，看著秦苒的車消失在視線內，才再度轉身，看著秦氏總部，眉眼再度沉下。

秦修塵和秦苒去樓下不到十分鐘左右，再回到會議室的時候，結果還沒有出來。

與此同時，總部的人去技術部辦公室，找到了連夜加班的秦主任。

「秦總他們要走了？」這麼短的時間內，秦主任自然不會認為秦苒能做完後面系統工程的問題，所以也用不到他來評測。

他站起來，抬手看了下時間，十點零五分，時間也到了。秦主任拿起掛在一旁的外套。

工作人員憋了一口氣，搖頭，「不是，秦小姐用五十分鐘把後面的系統工程問題都寫完了，等著您去評測。」

當時秦主任離開，完全就是覺得秦苒在第一臺電腦花了太多時間，依她的速度，剩餘的一個小時可能連第二臺電腦的原始程式碼都解不出來。

現在聽工作人員說她都寫出來了，秦主任整個人一頓，心頭猛跳。

他把手中的外套扔到桌子上，直接往外走。

工程室內，其他六位高層主管跟秦管家都在等秦主任這個領頭人。

秦主任坐到自己負責評測的電腦前，打開編輯器，直接輸入一串指令，彈出一個白色的軟體頁面。他淡淡掃了一眼，在看到白色軟體左下角綠色的百分之百進度條時，他的瞳色劇烈翻湧。

半晌，他才開口，「大家各自負責各自的部分。」

其他高層主管很少聽到秦主任這麼嚴肅的聲音，連忙坐好。

他們剛剛也在討論秦苒的速度是不是煙霧彈，一個個打開電腦時都還沒進入狀態，進入編輯器程式之後，所有人臉上先後都出現了驚異的情緒。

本來熱鬧的工程室，一瞬間陷入了沉靜，幾個主管都劈哩啪啦地敲著鍵盤。

十分鐘後，立刻沉浸在無數代碼中。

秦管家站在秦主任身邊，看不太懂這些程式，但是看秦主任一絲不苟地敲著鍵盤的樣子，他不敢說什麼，也不敢再問結果……

又過了半個多小時，接近十一點。

工程室內的所有人都還坐在電腦前，看著代碼，沒人說話。

時間有點太久了，一般再難的評測，至少半個小時就會得到一個結果，會議室的一群股東們也有點睏了。

秦四爺看向這些人，伸手拍了拍衣袖，「看來資料有點難評測，我們直接去工程室看看秦主任他們吧。」

當然所有人都同意這個提議。

一眾人進了實驗室，坐在電腦前的幾個工程師依舊沉浸在代碼中。

「秦主任，」秦四爺走到秦主任的電腦旁，也沒有低頭看電腦螢幕上的東西，只淡淡一笑，「測不出來的話，就不要浪費大家時間了，我……」

秦四爺一說話，秦主任清醒過來，他嚴肅地轉頭：「秦總，大小姐真的每個程式都只花了十分鐘？」

「因為時間不夠，確實有些兒戲，秦主任你不要生氣……」秦四爺笑了笑。

秦主任連忙抬起頭，一雙眼睛興奮地發紅：「沒有，我完全不生氣。不好意思，我有點太激動了，我們是研究大小姐的代碼太過興奮，忘記了給你們看評測結果。秦總，你們稍等。」

說著，他把內碼頁面調小，打開編輯器，重新按了一串代碼。

一個黑色的頁面重新彈出來，上面顯示出一串串數字。

「竟然真的只用了十分鐘，大小姐的天賦，我平生從未見過！」秦主任的聲音壓抑著興奮。

隨著他的話，數字全都顯示在螢幕上。

Wet2：完成度 100%

Aet3：完成度 100%

Vat4：完成度100%

Mat5：完成度100%

Kat6：完成度100%

Pat7：完成度100%

工程室很大，站在秦主任身邊能看到電腦螢幕的人卻不多，除了秦四爺，就只有秦管家跟幾個股東。看到這堆數字，秦四爺臉上的笑容瞬間凝住。他直接拉開站在他前面的人，不敢相信這個結果。

因為不想讓秦修塵那些人拿走百分之十的股份，他甚至捨棄了秦釗這個棋子。原本以為沒了秦陵，秦家的其他人對他都不算威脅……誰能想到最後竟然冒出一個秦苒？

他一開始因為百分之十的股份，算計來算計去，但最後不僅百分之十的股份沒有保住，還要送出百分之十八的股份！

身邊的幾個股東更是目瞪口呆，「這是假的吧？秦主任，你們是不是估算錯誤了？」

百分之百的完成度，秦氏總部的工程師們也很難做到吧？

之前秦四爺說的百分之六十已經很難相信了，更別說這百分之百的完成度，這也太誇張了……

「這是我們用所有系統查探的結果，尤其是最後一個系統的補丁，我想問問大小姐是怎麼做到的。」秦主任一邊說一邊往人群後方看，並沒有看到秦苒，「大小姐呢？」

這幾個人的反應太奇怪了。

身後的秦管家有點老花眼，看不太清楚，他聽得心急，就往前走了兩步，手放在眼鏡上才看清楚那六行字。

他的腳釘在原地，死死地盯著那結果。

秦主任把螢幕又調回去，「經營結果也出來了，秦總你們回會議室看最終評分吧。」

但在場看到的所有人都知道，就算秦苒的經營決策只有零分，這次的繼承人選拔考也絕對通過了。

「秦管家？你們到底看到了什麼結果？怎麼一兩個都是這個表情？秦主任的那句話是不是代表小姐過了？」阿文走到秦管家面前，焦急地詢問。

秦修塵淡定地站在一旁，手揹在身後，清淡的眉頭挑了挑，「你說。」

「啊……」秦管家略顯僵硬地回過神，他的腦子嗡嗡作響，似乎能聽到心跳聲在耳邊不斷迴響。他回頭，茫然地看向秦修塵等人：「不只過了，她的六個完成度都是百分之百……」

秦修塵清淡完美的臉上再次崩裂。

阿文更是瞪大眼睛，腿有點軟，扶住身後的電腦桌。

自從這個繼承人選拔考存在以來，每年的難度都會提升。對於其他人來說是根本不可能通過的考核。

秦氏的年輕人中不乏有私底下試過這次考核的，但無一例外，全都鎩羽而歸，其中最高的完成度也只有百分之四十五。雖然只是十五六歲的年輕人，但這也代表了此次的難度。

百分之百是什麼概念？

意味著她在電腦上有得天獨厚的天賦。
意味著這次繼承人選拔考，所有股東跟高層主管都會給她綠燈。
意味著百分之十八的股權到手。
這就是老爺留下來的繼承人規定。
就算是秦四爺有歐陽家撐腰，也改變不了這個決定。
秦修塵的經紀人上次也跟秦管家說過，秦苒在電腦上很有天賦，但他沒想到她在電腦上的天賦似乎不輸給物理，甚至……比物理的天賦更高。
今晚因為秦苒的考核結果，整個秦氏內部都被掀翻了……
秦管家想到這些，手指不停地顫抖，他抬頭看向秦修塵，「六爺，我們秦家可能真的能夠再次重回以往……」
秦管家老了，只能想到這些。
身旁的阿文卻想到了另一點，他猛地站直，眸光凜冽：「秦管家，所以那次百分之五股權的原始程式碼，也是小姐解的吧？」
上次不小心跟秦漢秋互換的硬碟成了懸案，秦管家跟阿海等人前後猜了很多人，都沒猜出來，後來秦管家還問過庫克，秦陵有沒有可能分析出來。庫克給的回答是不可能，因為就算是庫克都很難做到。
當時因為知道秦苒是京大物理系的學霸，秦管家等人想不到秦苒也會程式設計。
眼下聽著阿文的話，秦管家意識到，那個人極有可能是秦苒……

秦苒不知道因為她的事，秦家鬧翻天了，她本人現在已經回到了亭瀾。一路上，程金跟秦苒提了一下大堂主那幾個人的事情，兩人站在一旁等程木去停車。

「失蹤了……」秦苒伸手按下電梯，聞言，眼睫垂下，略微思索著，「是你們誰脾氣不好，得罪人了吧。」

她想了想，淡淡開口。

美洲跟其他地方不一樣，以幾大勢力為主，除了馬修，沒有受到一個特定的法律規範，這也是普通人不跟旅遊團都不敢去美洲的原因之一。

在那裡失蹤，大部分是得罪了某個勢力。

「大堂主的脾氣本來就不好，死腦筋，在程家和京城待久了，身處的位置太高，習慣了。」程金點點頭，「自然想不到到了美洲，可能隨便一個人都是他惹不起的。」

想到這裡，程金略微皺眉，「不知道究竟是哪個勢力帶走的，程水現在還沒查到，程家那群人自然不可靠，所以才會讓雋爺去……」

程木停好車，走過來。

剛好聽到程金的話，他把車鑰匙握在手中，「會不會是馬斯家族或者地下聯盟……」

這是程木在美洲待了半年所知道的兩大勢力。

「馬斯家族不知道，」電梯門打開，秦苒走進去，「但地下聯盟肯定不會。」

「秦小姐妳怎麼知道？」程木驚訝地抬頭。

關於地下聯盟的事，程木只在程水嘴裡聽過一點點，連程水都不太清楚，這個勢力在美洲似乎特別神祕，幾乎查不到資料。

秦苒看他一眼，懶洋洋地笑了一下，語氣不緊不慢：「我猜的。」

電梯正好到達樓層了，秦苒直接走出去。

等秦苒進屋，程金才伸手拉住程木，壓低聲音：「馬斯家族我知道，地下聯盟是什麼？」

程木抬頭看了程金一眼。

程金真的很想揍他。

＊

ＩＣＮＥ的研究項目有葉學長的加入，進展得比以前更快。

葉學長在研究院幫了廖院士好幾年，在這方面，經驗自然比南慧瑤等人豐富。四個人又都在學校，沒事就聚在一起研究專案。

廖院士知道葉學長加入秦苒的ＩＣＮＥ研究之後，平常也不怎麼吩咐他了。這樣一來，秦苒一天要做的事情少了很多。

翌日，星期五，下午五點，秦苒去醫院看秦陵。

參加完秦苒的繼承人選拔考，秦修塵要搭晚上八點的飛機去美洲，此刻也在醫院跟秦陵告別。

秦苒一推開門，病房裡所有人的目光都看向她。

秦修塵、秦管家、秦漢秋、庫克老師、經紀人……這些人顯然都聽過秦管家跟阿文形容的秦苒壯舉。昨天晚上，秦四爺的百分之十八股權轉讓成功，又被秦苒直接轉讓給了秦修塵。

「小姐。」秦管家回過神來，連忙轉過身，搬了張椅子放在床邊，態度比以往更為尊敬。

秦苒搖頭，「不用了，我等一下還有事。」

她直接走到秦陵的病床前，伸手翻了翻病歷，又看了看秦陵現在的狀態，比之前好多了。

「你晚上就要走了？」秦苒這才抬頭看向秦修塵。

秦修塵現在恢復以往的淡然儒雅，穿著修身的灰色大衣，身材挺拔，唇角抿出好看的弧度，「對，馬上要走了。」

他低頭想了想，又慢慢叮囑了秦苒幾句，都是生活上的小事。

經紀人抬手看了一下手機，「秦影帝，該走了。」

根據秦管家所說，秦修塵昨晚囑咐好了。他跟病房裡的人打了個招呼，拿著口罩離開，秦苒跟著秦管家送他出門。

病房裡的其他人，例如阿文、阿海等人都愣愣地盯著秦苒，一句話都不敢說。

庫克老師坐在秦陵的病床旁，若有所思地看著秦苒離開的背影，然後又看了精神奕奕的秦陵一眼，淡棕色的眼睛瞇起：「你也恢復得太快了吧？」

他正說著，口袋裡的手機響了一聲。

庫克拿出來一看，是一則訊息——

『驗證過了，是駭客聯盟的駭客程式設計書。』

另一頭又馬上傳來另一句。

『聽說只是幾個大佬自娛自樂的產品，不對外出售，你是在哪裡找到的？能不能借我看看？』

「是因為顧哥哥給我的實驗藥。」秦陵對庫克老師十分尊敬，他說完，頓了一下，加上程雋，「聽說程大哥的手術也做得不錯……」

說完，秦陵卻看到庫克老師坐在椅子上，看著手機發愣。

「老師，你沒事吧？」秦陵遲疑了一下，碰了碰庫克。

庫克一顫，清醒過來，不過他還記得秦陵做了開顱手術，不敢晃他。

「小陵，你那本黑書是你姊姊給你的？」庫克雙手撐著床。

秦陵抬起頭，漆黑的眸子瞇起，想起庫克說的是哪本書：「對，我的書大部分都是姊姊給我的……」

他一句話沒說完，庫克就沒聽下去了。

他一下從椅子站起來，連句解釋也沒說，直接打開房門追了出去。

「庫克老師是怎麼了？」

病房內，阿文等人回過神來，愣愣地看庫克的方向。

秦陵微微瞇起眼，他想起那本黑書都是一些高級代碼，他自己也非常喜歡看。

秦苒給他的書大多都不是市面上流行的書，秦陵自然不知道他看的書是什麼高級書。畢竟秦苒把書交給他的時候，真的……很隨便。

眼下看著庫克老師的態度，秦陵終於意識到，秦苒給他的可能不是一般的書……

秦陵的頭痛得皺起眉。

他抬頭看向阿文、阿海，最後把目光放在阿文身上：「阿文叔叔，你晚上能不能把我房間的書都放到櫃子裡鎖好？」

把書鎖起來？

真是神奇的要求。

不過阿文也沒拒絕，他連忙點頭，「好，我知道了。」

*

庫克比秦苒晚了一步。

秦苒跟秦修塵的電梯到達一樓，他才到電梯前。不過秦修塵的車就停在醫院門外，這個時候他還站在路邊跟秦苒說話。

接近五點半，一月份的天色已經暗下來了。

庫克終於在秦修塵要上車、秦苒要離開之前大喊一聲，「秦先生，你們等等！」

等庫克氣喘吁吁地停在他們面前，秦修塵才詫異地看向庫克，「庫克老師，您有什麼事嗎？」

庫克點頭，他把目光轉向秦苒：「冒昧問一句，您怎麼會有駭客聯盟的程式設計書？」

路邊的燈光漸次亮起。

秦苒的臉被染上朦朧又顯得柔和的光，聽到庫克的話，她不緊不慢地轉過身來，「你說那本黑書？」

庫克瘋狂點頭。

身旁，秦修塵跟經紀人都聽到了庫克的話。

經紀人聽完，一愣，「駭客聯盟程式設計書是什麼？」

「就是駭客聯盟傳出來的一本程式設計書，是由駭客聯盟的頂級駭客寫的，不對外出售，只有內部人員能拿到。」庫克對經紀人解釋，但一雙淺棕色眸子還在秦苒身上。

聽完庫克的話，經紀人更加震驚。

「還真的有駭客聯盟這種東西存在嗎？」經紀人抓著庫克的肩膀，聲音激動，「那幾年前，網路上很轟動的那個Q是不是也存在？不是傳說？」

駭客聯盟這種事，在普通人眼裡，大概就類似於傳說的存在。網物上傳得很神祕，但沒人證實過。

庫克終於看了經紀人一眼，神色嚴肅：「當然不是傳說。」

「小姪女，妳怎麼會有駭客聯盟的程式設計書？」經紀人將目光轉向秦苒，語氣激動。

秦苒看著經紀人跟庫克，頓了幾秒鐘才笑了笑，平淡地開口：「不知道，我鄰居不知道從哪裡買來給我的，我就給小陵了。」

她的眸色平靜，語氣不緊不慢，不太像在說謊，那理直氣壯的臉也很有說服力。

經紀人跟庫克看了她半晌，相信了。而秦修塵自始至終都站在一旁，沒有說話。

庫克又跟秦苒說了幾句，一行人才分別。

秦修塵的保母車上，經紀人不由得感嘆：「竟然真的有駭客聯盟這種神人組織，小姪女的鄰居怎麼會有內部的書呢……」

*

秦苒也上了車。程木在前面開車，秦苒坐在後座拿著手機，打開微信，點了鄰居的大頭貼。

她實際上也沒說謊，因為她真的不知道黑書是駭客聯盟內部的書，只知道那是駭客聯盟的人出的，沒想到還不對外開售……至於陸知行為什麼會有駭客聯盟內部的書……

秦苒想了想，傳了一句話——

『你跟駭客聯盟是什麼關係？』

她記得鄰居說過他不太喜歡駭客聯盟，所以沒有加入。

至於秦苒自己，駭客聯盟曾經不只邀請她一次，兩個身分都被邀請過……

鄰居那邊依舊很忙，等程木將車開到地下車庫，鄰居才打了通電話過來。

『妳怎麼會問我這個問題？』二十八樓很安靜，陸知行最後敲定了兩個人選，拿著手機走到會議室，語氣平鋪直敘。

身邊的人遞了杯茶給他，陸知行接過來，低頭看了一眼，七片茶葉。他垂眸喝了一口。

秦苒走下車，又拿好背包。

就幾步路，她沒戴圍巾，有些漫不經心地說：「就問問，挺好奇的，你又不是駭客聯盟的人，還能邀請我加入駭客聯盟。」

『也沒什麼，』陸知行把茶杯放在桌子上，之前因為秦苒沒問，他也懶得說，現在秦苒問了，他也不隱瞞，主要是他怕秦苒去搞駭客聯盟：『我爸是駭客聯盟會長，不過知道這件事的人不多，他至今還沒找到人繼承他的衣缽。』

第七章　苒姊：理直氣壯

陸知行的聲音不緊不慢，又平又緩，聽得出來很淡定。

手機這邊的秦苒：「……」

實際上之前陸知行找她入會，也確實不太對勁，畢竟她沒有聽過駭客聯盟連推薦信都不用就能直接加入。陸知行若真的是駭客聯盟會長的兒子，那……一切都說得通了。

兩人掛斷電話。

陸知行把手中的茶放下，拿著茶杯走向休息室的大門，還沒走出去，又一通電話響起，是美洲那邊的電話。

他看了一眼，直接接起來，聲色一如既往，「爸。」

美洲已經是凌晨一點，穿著睡袍的老人臉上只看得到些許溝壑，一雙眼睛略顯渾濁，身材消瘦，卻依舊極具氣勢。

他手上拿著剛剛出爐的鑑定。

『你現在在京城？』老人面色沉靜。

陸知行又返回休息室，站在落地窗前「嗯」了一聲。

對方一向話少，不像自己，老人也不奇怪，只點頭，『我應該有你姑姑的下落了，她還有後代，就在京城。』

「姑姑？」陸知行淡淡地點頭，從他記事的時候，就沒見過那個失蹤的姑姑。

他的反應冷淡，倒是讓老人皺起眉。他本來想讓陸知行去處理這件事，還有很多鑑定沒出來。但看陸知行這樣子，讓他動手去做有點難。

『算了，我自己查。』老人說了一句，就直接掛斷電話。

他拿著外套要出去，有些迫不及待。

站在外面的手下看了他一眼，嘴角抽了一下，「先生，我們還什麼都沒有準備，而且……您就這麼回去，不會嚇到他們嗎……」

「對，你說的對，」老人點點頭，折回去，坐立難安，「不知道我妹妹的後代是什麼樣子的。對了，陸家那小孩有沒有傳照片過來……」

他念念叨叨，又讓京城傳消息過來，又立刻讓人著手查妹妹後代的消息。

陸家那邊很快就把秦家、秦漢秋等人的消息傳過來了。

＊

另一邊，陸家——

陸夫人坐在沙發上，交疊雙腳玩遊戲，螢幕頂端顯示著來電。

她看了眼，是來自美洲的電話，直接滑開接起。

陸夫人從沙發上站起來，直接往外走，神色瞬間變嚴肅。

剛從門外回來的陸照影看著他媽媽這個樣子，不由得挑了挑眉。然後想起這肯定是他那神祕的姑奶奶打來的電話，除了那姑奶奶，陸照影還沒見過他囂張的媽媽露出這種表情。

幾分鐘後，陸夫人拿著手機回來，神色複雜。

陸照影懶洋洋地躺在沙發上，看著媽媽這個表情，挑眉，「媽，妳沒事吧？」

「不是，」陸夫人看向陸照影，慢慢走到沙發坐好，若有所思地開口：「你覺得我弄得到苒苒她爸爸的……」

忽然想起陸照影可能會叛變，陸夫人瞥了一眼陸照影，沒再提這個問題，「小陵現在情況怎麼樣了？」

「有雋爺在，怎麼可能會出事。」

陸照影不緊不慢地開口，直接站起來去了樓上。

上次去見秦苒拿到的頭髮得到了結果，至於秦漢秋跟秦陵等人基本上鐵板釘釘，但該走的流程還是要走，確保萬無一失。

不過無論如何，姑奶奶那邊的人肯定會回來，最重要的是姑爺也會回來……

陸夫人想到這裡，不由得挑眉，京城恐怕又要不安定了。

不過眼下，還是要在姑爹他們回來前把其他事情安排好。

＊

京城暗流湧動。

秦苒這時已經回到家了。

客廳內，程溫如坐在沙發上，臉色沉靜嚴肅。

「我弟弟那邊怎麼樣了？」程溫如按著眉心，臉上一片愁容。

程金把一杯茶遞過去，「有點消息，不過挺麻煩。」

程溫如抬頭，「什麼麻煩？我大哥在找歐陽薇，她也查到了一些結果……」

「聽程水說，雋爺好像跟那個勢力……」程金說到這裡，嘴角不由得抽了抽。

後面「有仇」兩個字不敢說出來，怕嚇到程溫如。

美洲本來就是幾大勢力鼎足而立……程雋年初的時候，無緣無故去把這幾個勢力惹了一遍。

兩人正說著，傳來開門的聲音。程溫如立刻停下來，沒說這件事。

秦苒換好鞋進來。

坐在沙發上跟程金說話的的程溫如嚴肅的臉色一改，她站起來，拉攏旗袍外面的披肩，往餐桌旁走，神色如常。

「苒苒，妳回來了。」

又朝廚房說了一聲，讓他們開飯。

程溫如這兩天也忙，不僅要忙公司的事情，還要擔心那幾個堂主，擔心程雋在美洲的狀況，但是她也知道程雋不在，所以今天特地在下班後來這裡陪秦苒。

見到秦苒回來，她又下意識地回避了這個問題，不希望秦苒被影響。這件事有點複雜，主要是怕秦苒會擔心，卻不知道程金早就告訴秦苒這件事了。

秦苒把圍巾跟大衣放好，走到餐桌旁，拉開椅子坐好，抬頭看程溫如，手微微一頓。

「程姊姊，妳最近很忙？」

程溫如的眉宇間都是倦色。

她還沒開口，程金也朝這邊走：「大小姐最近很擔心美洲雋爺的情況。」

程溫如還沒想到要怎麼回答，為什麼程金這麼簡單就說出口了？

她身邊的秦苒淡定地拿起程木剛遞過來的茶杯，聞言，笑了笑，眉眼清淡。

「妳放心，不會有事的。」

不說其他，彼岸莊園在美洲占據的分量就不小，與其他齊名的勢力將美洲分為幾個部分。二堂主他們的消息不知道會不會有事，但絕對不會出什麼大事。涉及到美洲那邊的消息，京城人都很神祕。

程溫如本來以為秦苒聽到這件事會擔憂惶恐，沒想到對方這麼淡定，不符合她的想像……

她還在想著，秦苒伸手夾了根菜，放到程溫如碗裡，淡淡開口：「程姊姊，吃吧。」

程溫如恍恍惚惚地應了一聲，然後拿起筷子，吃著秦苒夾給她的菜。

吃完飯，程溫如晚上也沒離開，在唯一一間客房睡下。程溫如洗完澡，打開自己的辦公電腦，想了想又拿出手機。

微信上，歐陽薇傳了一串網址。程溫如看了半晌，傳了句「謝謝」給歐陽薇，然後在電腦上輸入網址，很快就進了一個黑色論壇。

正是一二九頁面。

她不是會員，只用手機號碼註冊了一個普通帳號，找了找下單的流程。還沒研究完，外面就響起敲門聲，不緊不慢的三聲。

正是秦苒。

她手裡拿著兩杯溫牛奶，一杯是自己的，一杯遞給程溫如：「程木熱的。」

程溫如接過來，側身讓秦苒進房，「妳今天不忙嗎？」

「多了位學長，不是很忙。」秦苒隨意地抬頭看了眼房間，目光停在程溫如螢幕上停在下單的頁面。

程溫如點點頭，喝了口牛奶。

見秦苒在看她的電腦，她直接開口，「那是一二九頁面，妳要是好奇，我等一下傳給妳。」

一二九的頁面都是獨立網址，網路上自然搜不到，需要特殊的引擎跟網址代碼。

「不用，」秦苒低頭抿唇喝了一口，若有所思，「妳是在下單嗎？我幫妳。」

「妳會嗎？旁邊有流程。」程溫如還想說什麼，口袋裡的手機響了一聲。

她拿出看了看，正是程老爺。他在這個時候打給她，肯定是要說幾個堂主跟美洲的情況。

程溫如看了眼秦苒，還不知道老爺要跟她說什麼，因此想了想便出去接電話。

秦苒拉開程溫如電腦前的椅子坐下，看了眼電腦，然後伸手敲著鍵盤。

三分鐘後，程溫如講完電話，她站在門邊調整了一下自己的表情，才恢復了以往的表情，伸手推開門。

秦苒也剛好從椅子上站起來。白皙的指尖從鍵盤上移開，眉睫垂下。

「程姊姊，我幫妳弄好了，早點睡。」

程溫如把秦苒送出房門，才回到自己的位子上，看向電腦頁面。

微微一愣。

頁面上是兩個黑色的標楷體。

『成功』

這是下單成功了？

這麼簡單？

程溫如點了一下文件上的流程，下單成功的頁面跟她找到的流程好像不一樣……

雖然她讓秦苒幫她填單子，但她跟程老爺也只說了兩句話，加上她在門邊的時間，最多不過兩分鐘，秦苒這手速……

程溫如拿著滑鼠，研究了這個頁面半晌也沒研究出什麼。

最終她關掉頁面，並傳了條訊息，告訴程雋秦苒今天很早回來。

秦苒回到房間，登入社交帳號，接收葉學長跟南慧瑤等人傳過來的研究檔案。

ＩＣＮＥ比賽是在二月中旬，算算時間，也就剩一個月了。

徐校長說過，要在三月份收繼承人……

地下反應堆跟ＳＣＩ論文的評定幾乎已經達到進研究院的標準，二月份的比賽對她進研究院錦上添花。

但若是繼承人，ＩＣＮＥ就很重要，這是國際比賽，水準跟名次是公認的鑑定等級。

秦苒記得徐校長說過，至今為止，參加這個比賽的國內年輕團隊沒有進入前三十名過，能進入前三十名，不僅是對京大的肯定，對國內物理實驗室也是種肯定。

徐校長為秦苒選了這個比賽，對秦苒來說也是不小的挑戰。

她正想著，通訊錄上忽然出現了一則訊息。秦苒看了一眼，正是程水傳來的——

『秦小姐，妳有時間嗎？』

她傳了個問號過去。

程水很熟悉秦苒言簡意賅的語句，他立刻打來視訊通話。

秦苒把睡衣上面的釦子扣好，接起視訊通話，一邊站起來打開房間內的大燈，把小燈關了。

『秦小姐。』

這個時間點，美洲已經是凌晨四點，程水不知道是沒睡覺還是剛醒來。

他站在一處水泥大路上，周圍有些模糊不清。

秦苒「嗯」了一聲，她坐回椅子上，讓手機靠著裝牛奶的杯子。

「怎麼回事？」

『您對馬修跟馬斯家族應該還有印象吧？』程水想了想，開口。

秦苒抬了抬下巴，示意程水繼續說。

『我們在美洲查過，只知道一堂主那些人最近在美洲牢房，具體是跟哪個勢力有關不清楚，關鍵是……』程水小心翼翼地看了眼周圍，沒有看到人才小心翼翼地開口：『老大今年年初離開美洲時，把美洲的半邊天掀翻了，馬斯家族跟地下聯盟都有一處勢力都被他掀翻了。本來過了一年，情況也平息了，但他這次回來還沒有收斂的打算……』

美洲的幾個勢力本來就是鼎足而立。

程雋也囂張慣了，不怕任何一個，但繼續這樣下去，馬斯家族要是跟地下聯盟那幾大勢力聯合起來、對付彼岸莊園，程水覺得自己頭痛極了……

『您什麼時候有時間能來美洲一趟？』程水詢問。

他記性很好，記得去年秦苒在的時候，程雋十分收斂。

聽完，秦苒往椅背上靠，雙手環胸，看著螢幕裡的程水挑眉：「誰敢聯合起來？」

程水：『……』

他怎麼忽然有一種秦苒來之後，事情會鬧得更大的感覺？

程水搖頭，把腦子裡的思緒拋開。老老實實地把美洲的勢力，還有最近的動向都說了一遍。

秦苒靠在椅背上想了一會兒：「等我處理完下一個專案跟實驗室的事，後天。」

『好。』程水伸手扶了下鼻梁上的金框眼鏡，斯文俊秀的臉上終於像鬆了口氣。

兩人掛斷電話。

秦苒把ＩＣＮＥ的文件關掉，想了想，傳了一則訊息給常寧。

半個小時之後，常寧傳來一份檔案。都是年初時美洲發生的事。

常寧：『又要去美洲？』

秦苒坐直身體，查看這份文件並回了「嗯」。

她向來言簡意賅。

常寧：『妳兩年前是不是也去過？』

秦苒沒再回答。

手機另一頭，常寧只是抬頭看著坐在沙發對面的渣龍，「我記得，兩年多前我的私人電話曾接過美洲的來電，一直沒查到來源。」

常寧不太記得了，當時電話的那頭是一道女聲，有些蒼涼的聲音。應該是打錯了，一聲就被對方掛斷。當時他沒查到來源，後來沒過幾天，那手機號碼就停用了。

常寧的私人號碼只有幾個老成員知道。他一直以為孤狼是個邋遢大叔，而五個人中唯一的女性何晨也不符合當時的那道聲音。

查不到結果，常寧就沒再查下去。今晚看秦苒詳細查了美洲的消息，他又想起這件事。

「是孤狼吧？」渣龍穿著拖鞋，身上是破洞牛仔外套，拿著一罐啤酒單手扯下拉環，「不過她對美洲一直都非常了解……怎麼會突然找你查美洲的消息？她要美洲的消息幹嘛？美洲到底怎麼了？老大你也傳一份給我。」

渣龍喝了口啤酒，又開始滔滔不絕，「以前美洲的消息都是她提供的，後來她消失了一年，就對我們越來越冷淡了，要不是她外婆，我們到現在都見不到她……」

常寧直接站起來，往樓上走。

渣龍把啤酒罐捏扁，「欸——老大，你幹嘛走？」

他還想說一句什麼，私人帳號跳出一則訊息。

是巨鱷。

『快點，把你戶頭的一個單子給我。』

緊接著巨鱷又傳了一個單號。

什麼情況？

渣龍把單子直接轉讓給巨鱷。

傳訊息滿足不了好奇心，渣龍連忙撥通巨鱷的電話，「兄弟，你怎麼回事？你不是跟孤狼學會神隱了嗎？」

『喔，』巨鱷那邊正在翻看單子，確認渣龍操作完之後，語氣比網路上冷淡多了：『何晨告訴我，那是我兄弟推薦的單。』

說完，他直接掛斷電話。

這邊的渣龍一愣，也來不及詢問，連忙打開他的戶頭，尋找單子記錄。

在最新一條中找到一行——

出單人：cheng（星級許可權）

出單訊息：『附件』

星級許可權只有五個元老成員能設置，不過巨鱷、常寧這些人沒幹過這種事。

倒是何晨在幾個月前幫忙設定了星級許可權。渣龍這邊的高級許可權，自然能查看星級許可權的操作者。

他伸出手指點開——

星級推薦設定人：孤狼

渣龍：「……」

他返回頁面，點開群組。

渣龍：『@巨鱷王！八！蛋！混！障！蠢！蛋！出！來！單！挑！！』

晨鳥：『別收回，我就敬你是個男子漢。』

下一秒。

『渣龍收回了一則訊息。』

*

翌日，程家——

為了美洲的市場，程家從第一次家族會議到現在，足足計劃了將近半年的時間，誰知道二堂主那些人剛到美洲就沒了消息。

星期六下午，程家所有管理階層的人員都聚在一起，大廳內的氣氛很凝重。

程老爺坐在最中間的椅子，程溫如坐在右邊第一個位子上，左邊第一個是程饒瀚，他還沒來。

程家其他管事互相側頭，在討論這件事。

與此同時，程饒瀚終於來了。他身後還跟著一個高挑的清影。

會議桌旁，有人認出了那個人，連忙站起來，略帶驚喜：「歐陽小姐？」

歐陽薇穿著白色的水貂長外套，她站在門外，朝一行人有禮貌地頷首。

「老爺、大小姐、各位管事。」

程饒瀚客氣地替她拉開一張椅子。

「事情我已經聽說了，」歐陽薇坐好，看向程老爺，姿態優雅，「有什麼需要我幫忙的，儘管說。」

程饒瀚點頭，「歐陽小姐很忙的，知道這件事後特意連絡了我。」

「有歐陽小姐幫忙就好了。」有幾個管事露出些許笑容。

至少能查到美洲那龍潭虎穴的消息。

大部分的人對歐陽薇的到來都很驚喜，坐在首位的程老爺沒有出聲，他看了歐陽薇一眼，眉頭微不可見地擰起。

歐陽薇對程雋的心思，程雋身邊的人多多少少都能感覺到。若是沒有秦苒，程老爺可能會接受歐陽薇這次的幫忙，可是中間夾著秦苒……

程老爺拿著茶杯，低頭喝了一口，聽著其他人說話，沒有表態。

程溫如坐在另一邊，她跟歐陽薇打了個招呼之後，也沒多說，只低頭滑手機。

她按照昨天晚上「成功」頁面的連結，在手機上下載了ＡＰＰ。她隨手點進去，就看到上面一則新的訊息。

她的單子被人接下了？

程溫如一頓，印象中，陸照影跟程木都說過一二九一單難求。不過眼下她沒想那麼多，程溫如點開詳細資訊——

接單人：巨鱷。

她抓著手機的手一抖，伸手拿起旁邊的茶杯喝了一口，閉上眼後退出，重新進入，再度點開詳細資訊——

接單人：巨鱷。

嘰——

程溫如直接拉開椅子站起來，猛地抬頭。這動靜太大，大廳內所有人的目光都朝這邊看過來。

程饒瀚最近在程家不太順利，幾乎一大半的人都傾向了程雋，他擰眉看向程溫如，語氣不太好：「妳怎麼回事？」

「爸，」程溫如沒理會程饒瀚，直接看向程老爺，「我明天就去美洲。」

聽到這個，程老爺直接拒絕，「不行，不要學你三弟先斬後奏。」

一個程雋，程老爺現在就很不安了，雖然程雋跟他報過平安，但要是加上程溫如，他恐怕會禿頭。

程溫如拉攏外套，下巴抬起，腰背挺得筆直，擲地有聲，「一二九的巨鱷會幫我。」

「巨鱷也不……」程老爺下意識地拒絕。

話說到一半，他反應過來，抬起頭，眸光如炬：「妳說誰？」

別說他，連歐陽薇都抬頭看著程溫如，「大小姐？巨鱷已經幾個月沒有管一二九的事情，幾乎躲起來了……」

「我也不知道，但手機上顯示的是他。」

在所有人的注視下，程溫如緩緩拿起手機，給他們看頁面。

歐陽薇接過手機，仔仔細細地看了詳細頁面。

程溫如的手機，她自然也不敢往前面隨意翻看。但只看這個詳細頁面，就夠歐陽薇判定了。

確實是一二九的註冊碼ＡＰＰ，也確實是巨鱷的消息。

「不過，也要多謝妳昨晚給我的網址。」程溫如收回手機，對歐陽薇說了句謝謝。

歐陽薇搖頭，她臉上的表情毫無破綻，內心卻平靜不了。

她想不通，為什麼幾乎歸隱的元老級成員會接這一單……這個單子是有什麼不同嗎？

因為程溫如的單子，程家所有管事的注意力都在程溫如身上。

畢竟那是巨鱷，一二九的五大元老之一。

本來沉重的氣氛瞬間輕鬆了不少。

至於之前還引起所有人關注的歐陽薇，現在連程饒瀚的注意力都不在她身上。

程老爺也站起來，走到程溫如身邊，看了一眼才沉聲詢問：「妳這是……」

程溫如想起了秦苒，她略微搖頭。

「等我問完再告訴您。」

＊

「二妹她什麼時候跟一二九有關係了？」程饒瀚陰沉地看著程溫如的方向，現在的他徹底急了。

手下垂下腦袋，不敢說話，就怕惹怒程饒瀚。

程饒瀚瞥他一眼，「最近她有沒有見什麼人？」

「除了那位秦小姐，大小姐沒見什麼人……」手下說到這裡，遲疑了一下，「那位秦小姐……」

他本來想說那位秦小姐應該有點不尋常。

程饒瀚不想再聽秦苒的事，因為秦苒，大堂主都無緣無故改站程雋的陣營了，只因為他的大女兒要追星。他從來沒想到，原本中立的大堂主竟然就這麼簡單就改變了態度。

「行了，你下去吧。」程饒瀚直接擺手。

手下微微彎腰，直接退下。

＊

學校——

秦苒跟葉學長、南慧瑤等人在晚上聚了一下。

昨天晚上，秦苒寫了接下來的個人決策進度，把接下來的任務分發下去。葉學長因為晚加入，他本著不想特別占其他幾個人的便宜，一個人獨攬了很多事。

秦苒看出了葉學長的心態，算算這些也在葉學長最大的承受範圍之內，她便沒說什麼。如果不讓葉學長做這些，他心裡肯定有壓力。

交代完所有事，秦苒才打了個電話給程金，讓他安排去美洲。秦苒知道機票還有路程這些瑣事，程金安排得比自己還好，尤其最近寒假，票很難買。

接到秦苒的電話，程金一頓，詫異：

『秦小姐，您也要去美洲？大小姐下午剛跟我說完這件事，等等，我把妳們的資料都傳給程水，妳們倆明天一起去。』

程金這些人買票的速度一向很快。

票是隔天上午九點四十分的。秦苒沒讓程水告訴程雋她也要去，她到達機場的時候，程溫如已經拉著行李箱等著了。

「程木，你們是在哪裡買的票？」程溫如穿著一身黑色大衣，雷厲風行，「李祕書昨晚告訴我沒有票。」

程木的表情十分正經，「在ＡＰＰ上買的。」

程溫如：「……」

三個人辦好登機證，搭上了飛機。

商務艙，三個人又剛好在同一排。坐好之後，程溫如才脫下外套，隨手放到一邊，看向秦苒。

「苒苒，妳昨天晚上是怎麼幫我下單的？」

程溫如不傻，綜合歐陽薇的反應，還有巨鱷這個人……一般來說接單不會這麼快，更別說還是元老接單。

想來想去，唯一的變數只有秦苒。

飛機成功起飛後，秦苒才打開電腦，瀏覽ＩＣＮＥ的實驗分析。聽到程溫如的話，她伸手摘下了一邊耳機。

她側頭看著程溫如，想了一下才開口：「網頁上下單的。」

程溫如：「……」

她終於知道程木最近為什麼這麼難搞了。

秦苒沒說什麼，但她這個反應，程溫如心裡有底了，多半是跟她有關係。

程溫如收回目光，深吸一口氣，她拿著手機，若不是在飛機上，她肯定會直接開機。

下午四點，到達美洲。

程水穿著黑色的西裝，站在出口處。

程溫如沒看向在不遠處等的程水，低頭拿出手機。

第八章　美洲巨擘

機場裡人多，聲音吵雜。

程溫如在國內的時候就換了ＳＩＭ卡，現在跟在一行人最後面，打電話給程老爺。

『到了？』程老爺很快就接起電話。

他此時正站在長廊上逗自己的鸚鵡。

「剛下飛機。」程溫如看著前方，她走得慢，看了看前面，程水正在跟秦苒說話。

程老爺點頭，『還沒見到妳弟弟？』

「他沒來。」程溫如也覺得奇怪，她四處環顧，沒看到程雋，只是眼下不是疑惑這些的時候，她收回目光，壓低聲音：「爸，我是要跟你說昨天的單子。」

程溫如的目光停在前面，正在跟程水說話的秦苒身上。

程老爺逗鸚鵡的手一頓，他把鳥食放在一旁，側身面對長廊外的園林。

那邊程溫如的聲音再度傳來，「那天晚上所有的操作都是苒苒做的，雖然她沒說，但應該跟她有關係。」

具體是什麼樣的關係，程溫如猜不出來。

秦苒認識巨鱷嗎？還是她有內部會員？

一二九要接單完全憑幾個元老成員的興趣，程溫如也聽說過那個晨鳥，對方可能會連一千萬的單都不接，卻去接一個只有十萬的普通單子。

手機另一邊，程老爺掛斷電話後也陷入沉思。

「老爺，」身旁的程管家皺眉，「三少爺他們那邊……」

因為程溫如的聲音很低，程管家聽不到程溫如的聲音，語氣有點著急。

「苒苒跟溫如一起去美洲了，」程老爺轉過身來，聲音帶著一點遲疑，又有點不可置信：「溫如告訴我……巨鱷那件事，應該跟苒苒有關係……」

雖然只是程溫如的猜測，但是會告訴他，程溫如至少有百分之五十以上的把握。

＊

美洲，停機坪基地——

等在不遠處的程水跟秦苒說了大致情況，把目光放到程溫如身上。

「大小姐。」

程溫如頷首，詫異地看了程水一眼。

她跟程水沒見過幾次面，最多就是幾年前過年，她回老宅匆匆跟程水見過。

「程水，你一直在美洲？」

一行人往停機坪外走，外面停了一輛黑色的車子。

程溫如知道程水是程雋的人，但程水跟其他人一樣，不管程家的事，這麼多年都在外頭，連程溫如都不知道程水在哪裡。

此時看到程水這麼熟稔地為他們帶路，程溫如自然能看出來，程水在美洲待了不短的時間。

「嗯，有一段時間了。」程水一向斯文，說話也不急不緩的。

美洲勢力錯綜複雜，周遭敢獨自行走的人都不太好惹，但無論是獨自行走還是組團而來的，看到程水這一行人都會下意識地避開。

程木的表情淡定，程溫如在京城待久了，一時間也沒有意識到什麼。

一行人走到車邊，程溫如看到車子左邊的後視鏡上有一個黑色的小旗子。

程水開車，程木坐在副駕駛座，而秦苒跟程溫如坐在後座。程溫如還沒搞清楚狀況，目光還看著車窗外。

停機坪基地這邊的格局跟京城太不一樣了，程溫如能看到遠處的古堡形高樓建築，她來之前也查過一些美洲的資料，意識到那應該是停機坪這邊的拍賣場跟黑市。

這東西，在京城也有一個。不過在京城很低調，程溫如每個月都會進去競拍。

眼角的餘光看到秦苒又拉開背包，從背包裡抽出一份文件。

程溫如轉頭看了一眼，第一行就是複雜又拗口的「γ射線在磁場下的折射率……」，她沒看下去，又收回目光。

程水這次沒有繞路，過了邊界，車子停在一處別墅面前。

程木解開身上的安全帶，往外探了探頭，詫異：「這是哪裡？」並不是他熟悉的莊園。他還想看程溫如被嚇一跳呢。

後面，程溫如跟秦苒也走下車。

秦苒把圍巾圍好，看著幾條街外高聳入雲的大廈，她淡淡開口，收回目光，不太在意地說：「是國際刑警總部。」

程木點點頭，「原來是這樣。」

剛要開口解釋的程水不由得看向秦苒，臉上也有些詫異。

「確實是的，老大這次來美洲，一直都在這邊。」

美洲的一行勢力大部分都是井水不犯河水。這裡是馬修的勢力範圍，程水一行人向來不會在這裡活動。

秦苒來的那半年間，也沒人帶他們來過這裡，程木等人大多都在程水的管理範圍內活動，所以程木不知道這裡。

不過看秦苒，似乎對這裡很熟的樣子……

秦苒把背包拿好，聞言，略微抬眸，她看向程水。

「懷疑二堂主他們是被他們扣留了？」

「沒錯，」提到正事，程水收回思緒，他一邊打開大門，一邊帶幾人進去，「根據我們查到的，應該是馬修。」

「馬修？」秦苒的腳步頓了頓。

她看向程水。

程溫如把周圍打量了一遍，聽到程水提起幾位堂主的事情，她走近，神色嚴肅。

「這個馬修是什麼人？」

「國際刑警，」程水跟程溫如解釋，「就是妳剛剛看到的那棟大樓的最高執行官，是美洲幾大勢力之一……」

程溫如不知道馬修，但她有打聽過其他事情，聽著程水的介紹也更加了解。

「竟然是他們？他們在美洲就等於四大家族在京城的地位，」聽到這裡，程溫如一直很沉穩的臉上浮現駭然，她猛然抬頭，「二堂主怎麼會被他們抓了？」

她原本以為二堂主他們只是不小心得罪了一個小勢力，畢竟二堂主那些人在美洲太不起眼，誰知竟然是得罪了馬修這種巨擘？

程溫如的心沉下來，情況比她預想的還不樂觀。

關於馬修這種跟國際各大老齊名的人，對程溫如來說太過遙遠，約等於傳說中的人物。

她跟馬修的圈子差距太大了。大概就是普通城鎮的地主，忽然聽到自己的護衛不小心衝撞了皇上。

猛然聽說二堂主他們惹到的人跟馬修有關，饒是程溫如也淡定不了。

「先進來吧，」程水帶著他們往裡面走，動作倒是不急不忙，「具體不清楚，得見到大堂主他們才知道發生了什麼事。」

別墅門外的路是水泥路加鵝卵石，整棟別墅很安靜，聽不到其他聲音。程水打開了大門，側身讓他們先進去。

「老大他們今天出去了，應該要晚上才回來。」

秦苒一路上的話一直不多，聽到馬修之後也沒有多說話。只把背包放下來，看向程水。看出秦苒的精神不是特別好，程水直接帶她往二樓走。

「二樓書房旁的那間房間是您的，先跟我上來，不用換鞋。」

裡面沒有鋪地毯，全都是瓷白的大理石。

雖然秦苒沒有來過，但準備這裡的時候，程水就為秦苒留了一間房。

主調是白色跟藍色，房間沒有莊園的大，但也是應有盡有，冷氣一直是智慧調節的二十四度。

程溫如也沒有再提馬修的事，「苒苒，妳先休息吧。」

「嗯。」

秦苒垂下眼睫，看起來很乖巧地跟程溫如打了個招呼，才進房門。

等秦苒進去，程水才帶程溫如去三樓看程溫如的房間。

程木在後面拎著程溫如的行李箱，十幾斤的箱子在他手裡，輕若無物。

程溫如看了一眼才詢問：「程木，苒苒怎麼會突然來美洲？我看她那麼忙。」

一路上幾乎沒有停下來。

「是我讓秦小姐來的，」程水直接開口，聲音略顯含糊，「老大這邊有點事，沒秦小姐我不太放心。」

「有什麼事，非得要苒苒來？讓她安安靜靜地做研究不好嗎？」程溫如也沒多想程水找秦苒來的原因，進了房間，她就神色嚴肅地提起正事，「我在美洲這邊，巨鱷會給我提供所有消息跟說明。」

這也是她要來美洲的原因。
程水的表情一直淡然，聽到程溫如的這句話，他才抬頭，臉色有些變化：「您確定是巨鱷？」
「是他。」程溫如拿出手機，調出那份單子給程水看。
程水接過來，一眼就看到了扉頁巨鱷的標誌，抬眸，「還真的是他，但是我聽說現在一二九的新成員崛起，幾位元老們很少出手了，大小姐，您這……」
「說來話長，我什麼都沒做，」程溫如想了想，秦苒跟程水他們都很熟，就沒怎麼隱瞞，「但我覺得跟苒苒有關係。」
「秦小姐？」程水看了眼程溫如，點點頭，把這件事放在心上，「一二九的人脈一向廣，尤其晨鳥跟孤狼，有巨鱷幫忙，至少不怕馬修聯合其他人針對我們了。」
嘴上這麼說，程水又想起了上次在國內邊界的事情……
巨鱷跟程火有仇……
程水按了按眉心，有些頭疼。主要是程雋惹的人太多了。
「程木，顧先生還在京城吧？」程水看向程木，「馬修幫過顧西遲不少次，他們兩人應該認識，要是能讓馬修他們開啟談判是最好不過。」
至於程雋，他一心想鬧事，程水徹底放棄。
程木點點頭，拿出手機，「我有顧先生的連絡方式。」
「你先問問，」程水看了下時間，「等老大回來，我們再具體商量一下。」

＊

二樓，秦苒房間——

程溫如一行人離開之後，她也沒立刻休息，而是把背包放到一邊，拿出裡面的電腦放在桌子上，打開蓋子。

電腦自動開機，顯示出文件。

秦苒也沒繼續看文件，手在觸控螢幕上滑了一下，關掉這個頁面，出現了沙漠色的電腦頁面。她的電腦不是熱情又壓抑的沙漠色，就是一望無際的大海，看心情。

看了一下沙漠色的螢幕，秦苒才拿起放在一邊的手機，又在房間看了看。

程水是按照她的喜好布置房間的，秦苒拿著玻璃杯在飲水機倒了杯水，一邊拿著手機，打開一個黑色的程式，透過代碼撥了通電話出去。

這邊轉接出去需要時間，秦苒端著水杯坐在椅子上，伸手把黑色的耳機插上，並打開了變聲器。這時，電話被接通。

對面是一道略顯詫異的中年音：『你竟然主動來找我？是要加入我們和平組織嗎？』

以往都是自己連絡對方，這還是對方第一次主動連絡他，馬修十分驚訝。道上的人都知道他背後有一個正義駭客幫他破案，來無影去無蹤，但只有馬修自己知道，這個駭客他連正面都沒見過，只知道對方就是國際上忽然揚名又忽然隱匿、行事正義的駭客Q。

自己還邀請對方跟他一起破案抓人不只一次，畢竟一個優秀的駭客真的好用，但對方也拒絕過他不只一兩次。

秦苒：「……沒。」

『喔。』馬修點頭，聲音有一點點失望。

對方第一次主動連絡他，他還以為有什麼驚喜。

「有其他事，」秦苒按著眉頭，淡淡開口，一邊把另一隻耳機戴上，一邊登入電腦上的通訊軟體，「美洲最近有大事？」

『確實不太平。』手機那頭的馬修正看著鏡子，把下巴上的絡腮鬍刮掉，露出了輪廓極其分明的臉，深棕色的眼睛瞇起：『那個彼岸莊園的罪證我還沒找到，地下聯盟又回來了，你有聽說嗎？』

他記得Q對地下聯盟很熟悉。

「不知道。」秦苒登入社交帳號看了看，廖院士跟葉學長他們都傳了不少訊息。

語氣很淡。

『不過地下聯盟也開始換代了，以前的幾個老人倒是沒看到。』馬修把鬍子刮完，才放下刀，眼眸瞇起。

秦苒接收了文件，挑眉：「換代？」

『畢竟是重新復出，希望他們別跟彼岸莊園那樣被我抓到把柄。』馬修那邊正往外走，『你不跟我連絡，我也會去連絡你的，幫我盯一下追殺榜上的這個人，我等一下把資料傳給你。』

國際上達到那個水準的駭客很稀少，大部分都神祕莫測，一天可以變換好幾個身分。

秦苒應了一聲，才說了來意，「你牢房裡最近的名單傳給我一下。」

『行。』馬修也不問她為什麼，兩人合作了這麼多年，這點默契還是有的。

掛斷電話，兩分鐘後，秦苒的虛擬帳號收到一份資料。

她點開來看了看。

*

美洲晚上八點——

程雋、程火還有杜堂主幾人從外面回來。一樓的會議桌旁，程溫如還在跟程水等人商量大堂主等人的事情。

程雋一進門，就看到穿著紅色長裙的程溫如。

他倒是不太驚訝，只略微挑眉，「老爺會放妳來？」

「不放心你。」程溫如看著程雋身邊的兩個人，程火她認識，另一個人她看過，但身上的鐵血氣息很濃，不像一般人。

程溫如心裡略感驚訝。

來美洲之前，她真的不知道程雋手下有這麼多能人。

「大小姐。」程火跟程溫如打招呼，並向身後的杜堂主介紹程溫如。

一聽到這是程雋的姊姊，杜堂主連忙恭敬地打招呼。

程雋不緊不慢地走到桌子旁。

杜堂主跟在他身後坐下，程水率先開口：「老大，馬修那邊不能再去淌渾水了，停機坪基地那邊要是被他控制住……」

他剛要說想連絡顧西遲解決。畢竟顧西遲跟馬修關係好，兩個人若是能心平氣和地解決，那是最好不過。

不然……

只是程水一句話還沒說完，程雋就忽然看了看樓上，直接打斷了他。

「這件事先不討論。」

他一邊說一邊站起來，直接往樓上走，丟下樓下一行人。

樓上，秦苒的房間——

她昨晚為了處理ＩＣＮＥ的事情，幾乎一晚沒睡，在飛機上也沒怎麼休息，到達美洲後才放鬆下來。

她一向淺眠，門外的敲門聲不大，但她也聽到了，直接起身打開房門。

程雋保持著敲門的姿勢，半靠著門框站著。

「你怎麼現在回來了？」秦苒低頭看了看手腕上的時間，按照程水所說，她以為他還要過一段時間才會回來。

程雋看了她一眼，沒說話，只拉著她的手往裡面走一步。

樓上沒人，料想程溫如跟程水等人這時也不敢上來。

＊

樓下，杜堂主等人還搞不清楚狀況。

「程水先生，老大他……」

程水只看了杜堂主一眼，滿含深意地說：「大嫂來了。」

杜堂主立刻反應過來，他眼前一亮，「是不是秦小姐來了？」

程水點點頭。

「那就好，」杜堂主一拍桌子，臉上終於多了一點喜色，「秦小姐她會勸老大吧？」

聽到杜堂主的這句話，程水想起前天晚上秦苒的反應，他遲疑了一下才開口：「應該……會吧。」

程火也挺直接地說，「大嫂來了嗎？我能不能上去找她？想找她問問……」

「可以，」程木端了杯水，面無表情地看向程火，「不想死就去。」

程火：「……」

他轉身看了程水一眼，用眼神詢問：『程木他怎麼變成這樣了？』

程水沒回答，只跟杜堂主細聊今天出去查到了什麼。程溫如插不上什麼話，就坐在一旁聽著。

不久後，樓上傳來了腳步聲。程雋雙手插在口袋裡，懶洋洋地跟在秦苒後面下來。

他的目光往會議桌上一掃，聲音不緊不慢，「誰通知的？」

一瞬間沒什麼人敢說話，連程溫如都拿著水低下頭。

程水瞬間反應過來。

程雋是在問是誰讓秦苒來的，他垂下腦袋，直接站起來：「老大，是我。」

程雋淡淡看他一眼，一雙眸子又黑又沉，看不出什麼表情。

「跟他沒什麼關係，我來也是有事，」秦苒拉開一張椅子坐下，隨口道：「我要去美洲物理研究院，程水，你坐吧。」

程雋從口袋裡摸出了一根菸，在手裡把玩著，站在原地沒出聲。

只有程木，一如既往地替秦苒端來一杯溫度正好的茶，語氣與以往沒什麼兩樣，「秦小姐，喝茶。」

大廳內，程溫如、程火還有杜堂主都震驚地看著程木。

秦苒喝了一口，才側頭看了程雋一眼。

程雋立刻若無其事地把菸扔掉。

程水見狀，連忙坐下，大廳內的氣氛瞬間放鬆下來。

程木發現程溫如等人都在看他，他一愣：「你們看我幹嘛？」

程溫如、杜堂主、程火：「……」

是個狠人。

程雋摸摸鼻子走過來，「妳那什麼破研究，還要研究到美洲來？」

他擰眉微微思索著，她在國內，每天睡眠時間只有四個小時了。

「葉學長加入了研究團隊，幫我分擔了一半的事情。」秦苒把茶杯放下。

程雋記性好，他想了想那個葉學長，平平凡凡，沒什麼亮點，這才把手放在桌上，看向程水。

「晚飯準備好了沒？」

程水回過神來，「早就準備好了。」

他站起來，讓廚房準備。

氣氛放鬆下來，程火一行人才繼續剛才的話題。

「馬修的事情怎麼辦？執法堂一個小分隊被馬修的人抓到了，先說好，他背後有一個駭客，我不敢惹……」

程木去廚房端了碗筷出來，聽到這句話，他抬頭看向程火。

「你不是說你很厲害？還這個不敢惹，那個要秦小姐幫忙？」

程火：「……你懂什麼？你問問駭客聯盟，馬修背後那個人連駭客聯盟那邊的犯罪分子都抓到過，我還沒到駭客聯盟會長那種高度！」

*

與此同時，國內才下午一點。

京城機場——

一行三人下了飛機，機場的停車場裡停了一輛黑車。

陸夫人跟陸先生都站在黑車旁，恭敬地看向來人，微微彎腰。

「姑爺。」

精瘦的老人微微頷首，他取下鼻梁上的眼鏡，看向陸夫人，打了個招呼才詢問：

「有跟我妹妹的後代連絡嗎？他們怎麼說？會見我嗎？」

他說話的時候，聲音略顯緊張。

「我們還在連絡秦先生，」陸夫人頓了頓，她說的自然是秦漢秋，「鑑定報告也出來了，秦先生就是您妹妹的親生兒子。」

「我就知道，」精瘦的老人點頭，「我看過妳傳過來的照片，他的眼睛跟我妹妹的一模一樣。」

「我正在派人跟他們接觸，還沒回覆。」

陸夫人把他們帶到一處別墅。

老人剛下車就接到了電話，是他派去查妹妹家人的人。

『會長，很奇怪……』電話一接通，另一頭就傳來略顯遲疑的聲音，『您傳給我的人裡面，有一個人的資訊很奇怪……』

「奇怪？」唐老先生抬手讓陸家人先進去，他站在門外，「你說說。」

手下看著電腦上的資料。

『大部分人的資訊都查到了，但陸夫人交上來的，您妹妹的大孫女的資訊跟我查到的不一樣。』手機那頭的聲音很明顯頓了一下才道：『個人資訊、身分資料都不一樣，但陸夫人提交的應該不會有錯……』

這種事要是在駭客界並不奇怪，一個駭客誠心想偽裝，連國際刑警都很難找到。

但……陸夫人交上來的，他們一個也沒查到。

「你把兩份資料都給我。」唐老先生往門內走。

陸夫人將唐老先生安頓好之後，就去跟秦漢秋見面了。

唐老先生讓人把兩份資料列印出來翻看，資料有的淺顯、有的詳細。

秦漢秋、秦苒、秦語、秦陵。

秦漢秋跟秦語的很詳細，包括秦漢秋被拐走，被困在一個落後山區將近四十年。

秦語從出生到現在，每件大事都有，包括她的考試成績到跟秦漢秋斷絕關係，再到被踢出小提琴協會……

而秦苒跟秦陵的資料，別說詳細介紹了，連秦苒是高考狀元的事都沒查到。

陸夫人的那份資料倒是相反，明顯沒怎麼提到秦語，這就隱約表示了她不清楚，反而大肆琢磨描寫了秦苒十分優秀，不僅是高考狀元，還是十分有名的編曲家，現在還在物理實驗室……

陸夫人說的那麼多，唐老先生的人半點也沒查到。

難怪他的手下說有些奇怪。

這確實奇怪，還有他妹妹那個小孫子，秦陵的資料也很奇怪。

＊

美洲——

秦苒在看馬修給她的資料。

一份是要他找的駭客，秦苒稍微看了一下資料。

加德納，駭客聯盟內排名第十九的駭客。

半個月前聯合幾個恐怖組織策劃了一場爆炸案，並劫持了監視器。

差不多比程火還要高一級，難怪會找上他。

駭客聯盟很鬆散，裡面好人、壞人都有，駭客聯盟也有個專門用來接單的暗網，當初顧西遲還在上面找過人，有人不會接太過傷天害理的事，但有人就無所顧忌，什麼都做。

加德納就是後者，偏偏馬修還拿他沒有辦法。

以前遇到這樣的情況，馬修會不知道該怎麼處理。眼下有了秦苒，這些高智商犯罪他也有了王牌，以至於當初連程水跟杜堂主等人都有聽聞，都知道馬修背後有駭客加盟，近兩年多，一些駭客都不敢觸馬修眉頭。

秦苒先把加德納的資料關掉，打開了最近馬修牢房的資料。

馬修給得很乾脆，每天的人員都有記錄，還特地把一些大毒梟、不好惹的人物放在前面。

他猜到秦苒可能要找人，又預想到Q認識的人都不簡單，才把這些人放到前面。

秦苒翻了翻。她看得快，基本上一頁一個人，上面還詳細記錄了基本資料跟犯罪內容。

十分鐘後，秦苒終於在最後一頁翻到了大堂主那幾個人。

第一頁的大毒梟，一個人占了一頁紙。大堂主、二堂主他們將近十個人才用了一頁紙……基本上是被誤抓進去的。

秦苒不由得靠在椅背上，開始思索這件事。

程雋現在跟馬修、馬斯家族那些勢力水火不容，他要是去找馬修……馬修肯定會藉機鬧事，畢竟他查杜堂主那一行人運鑽石的證據很久了。

尤其是程水跟她說過，程雋這次回來幾乎是專門要跟馬修作對。她也不能出面……就更複雜了。

她不確定馬修還記不記得她……

想到這裡，秦苒拿起手機，滑到巨鱷跟顧西遲的大頭貼，先把大堂主等人的資料傳給巨鱷。

還沒說一句話，就有一通電話打來。

是秦漢秋。

她接起，手撐著桌面站起來，拿杯子去幫自己倒杯水。

「出事了？」

『沒。』

秦漢秋還在雲錦社區，他坐在沙發上，秦管家、阿文等人都目不轉睛地看著他，秦漢秋就把陸夫人找他的那件事告訴秦苒。

秦苒一頓，「我奶奶的哥哥？」

秦漢秋點頭，『說是唐均老先生，他要見我，我能不能見……』

「你想見就見，又沒事。」秦苒把水放在桌子上，聲音不緊不慢，很平淡。

她對秦家本來就沒什麼歸屬感，那邊的爺爺奶奶，她連照片都沒見過。
兩人說了幾句就掛斷了電話。
手機另一頭，秦管家臉上的皺紋舒展，目不轉睛地看著秦漢秋。
「大小姐怎麼說？」
現在秦家有事情，秦管家也下意識地會找秦苒。
唐均這件事，秦管家也不確定，主要是陸家人找上門的，秦管家覺得需要跟秦苒說一聲。
「苒苒說都可以。」秦漢秋放下手機。
秦管家點頭，他拿著手機出去。
「那我告訴陸夫人，安排見面。」
秦苒掛斷了電話，巨鱷那邊也有了行動。
他留了一句話給秦苒——
『帶這十個人出來？問題不大，我明天到美洲，何晨說妳也在美洲？』
巨鱷的主場雖然不在美洲，但在美洲也有些人脈，要動用這些人也不難。程溫如的單子巨鱷也看過，又有秦苒在，雖然對方是馬修，但難度也不是特別高。
主要是聽說秦苒也在美洲。
當初知道秦苒露面，巨鱷雖然想去，但死也不敢去京城。現在在美洲他就能無所顧忌了，正巧秦苒也在這裡。

秦苒打開編輯器，眼睛看著巨鱷的回覆，就知道他想見一面。

她跟巨鱷等人認識也五六年了，比言昔還早兩年。

半晌，秦苒拿起手機，瞇著眼睛回了句——

『**我在馬修大樓附近。**』

回完，白皙的指尖敲打鍵盤，飛快地敲出一道指令，電腦螢幕的光在她臉上閃爍。

她根據馬修給的資料，直接查到了加德納現在的酒店住址。

中途遇到了一個木馬程式阻攔，秦苒隨手查了ＩＰ。一串熟悉的ＩＰ顯示在眼前。

秦苒的眼睛瞇了瞇，認出這ＩＰ是程火慣用的。

難怪程水跟她提過，程雋最近一直在破壞馬修好事……

難怪馬修查不出來。

加德納的防禦系統本來就不好破，加上暗中阻攔的程火，馬修查不到也在情理中。

秦苒頭痛地按著太陽穴，她把大概的資料傳給馬修之後，頭往後仰，怎麼樣也想不通程雋跟馬修到底有什麼仇。

*

翌日，早上六點半。

秦苒沒起來，一是時差，二是為了趕到美洲，前兩天晚上她就把所有的ＩＣＮＥ後續進度安排好，一直沒怎麼睡。加上最近兩個月有實驗室考核，還有進實驗室之後的各項研究，她的身體就算是鐵打的也有些透支。

今天倒是睡得很沉。

程雋沒讓人叫她。

程木跟程溫如也還沒調好時差，沒起床。

一行人坐在樓下吃早飯。

「老大，今天還不管大堂主跟二堂主他們嗎？」飯桌上，程火坐在程雋對面，抬起頭說。

程雋淡定地拿著筷子，表情漠然。

「讓他們看看美洲不是想進就能進的。」

程家那一群管事看到徐家打通經濟命脈，就忍不住了。美洲哪裡是那麼好混的，一個不慎就會全軍覆沒。

徐家則是透過魏大師，連絡上了馬斯家族。

「老大，你還沒跟程老爺攤牌？」程水看向程雋。

程雋拿著筷子，沒開口說什麼。

程溫如從樓上下來，她掛著兩個淺淡的黑眼圈，臉上的神色十分振奮。

「一二九回覆了，他們說大堂主那行人最多三天就能出來！」

她拿著手機，坐到一個空位上。

拿著麵包的程火一頓，他抬頭看著程溫如，略顯詫異。

「一二九那些人通常只會傳個訊息就結束了，還會把大堂主他們帶出來？」有這種好事？

程溫如端起一杯牛奶，交疊雙腿，下巴抬起。

「我感覺這件事也不難，巨鱷一出手，輕鬆搞定。」

話是那麼說，但程溫如明白馬修在美洲的地位，也終於了解為什麼老爺他們談起一二九滿是忌憚了，竟然連美洲的事情都能插手。

程雋沒理會程溫如，他隨手放下筷子，拿著手機往樓上走，眉宇間漫不經心。

手機震了一下，他低頭一看，是看管停機坪基地的霍爾，他直接接起。

霍爾的中文不是很好，口音有些彆扭。

『老大，巨鱷他來了！』

霍爾一直看守著停機坪，自然密切注意著機場的動向。

巨鱷向來不是什麼低調的人，一二九的幾個元老中除了巨鱷跟常寧，其他人藏得很隱密。

晨鳥跟渣龍只知道性別，孤狼連是男是女都不知道。

而巨鱷在道上用的都是同一個代號，所有人都知道他除了是一二九的成員，還是個武器大商。

尤其是巨鱷跟其他人不一樣，他跟程土有仇。

兩人為了搶地盤，之前也把程火牽扯進去過。程火的脾氣暴躁，程土看得沉鬱，但在巨鱷手上吃的虧，肯定要討回來。

要是知道巨鱷來到他的老巢，程土肯定會幹點什麼。

霍爾了解這兩人的恩怨，雖然巨鱷有掩飾，但肯定瞞不住霍爾。

「巨鱷本人？」程雋走到二樓走廊盡頭。

盡頭有一個通風口，他習慣性地想在口袋裡摸出一根菸，又想起整包菸昨晚被他丟進垃圾桶了。

巨鱷這件事程溫如也跟他說過。

想到這裡，程雋看了眼秦苒房間的方向。

程雋看著秦苒的房間，半晌之後，眼睛微微瞇起。

「你可以找點事情給馬修做。」

霍爾那邊立刻就明白程雋想做什麼。

他掛斷電話，想了想，才側身看向手下：「這邊馬修的眼線在哪裡？」

「拍賣場。」手下迅速回答。

「正好，」霍爾戴上自己毛茸茸的帽子，又扣上大衣，「我們去拍賣場逛逛。」

馬修找不到程火等人的馬腳，但巨鱷這個危險分子來美洲，馬修肯定不會袖手旁觀……

＊

秦苒房間——

她是被手機震醒的。

巨鱷一到機場就傳了則訊息給她。

『兄弟，我到美洲了，下午四點前能到馬修大樓那邊。』

雖然知道秦苒是個女的，巨鱷叫「兄弟」的毛病卻一直改不了。

秦苒掀開被子，手上回了個「嗯」給對方，就直接去洗手間刷牙。

現在剛過七點，秦苒打開門下樓吃早飯。

程溫如還在激動地跟程木說巨鱷的事，看到秦苒下來，她抬了抬頭。

「苒苒，妳不睡了？」

「嗯。」秦苒坐好，含糊地開口，「我在想找一天去美協看看我老師。」

之前她找魏大師幫秦修塵連絡了人。

這件事秦苒一直都記得。

上次她沒問秦修塵找魏大師究竟是為了什麼事，但自從庫克老師出現，秦苒大概就知道了。

「妳不說，我都忘了魏大師也在美洲，」程溫如頷首，畢竟是秦苒老師，「確實要見，不過妳先休息兩天，年輕人也不能這樣熬啊。」

秦苒微微頷首，「我知道。」

「對了，剛剛我收到一二九的回覆，兩位堂主跟管事們再過兩三天就能出來。」程溫如把這個好消息告訴秦苒。

秦苒伸手敲了敲桌子，聞言，抬眸一笑。

「那就好。」

這個時間也是她幫巨鱷算的時間。

看起來絲毫不意外。

只是程溫如沉浸在驚喜中，沒發現。

她算算時差，「現在國內還是凌晨，再等一會兒打電話給我爸。」

秦苒吃完飯就回樓上，程水讓程木去洗碗，自己跟著秦苒上樓。

「你說。」秦苒放慢腳步，側頭看他一眼。

「馬修那件事，」程水看了眼書房的方向，聲音壓得很低，「老大他……」

秦苒點點頭，表示明白。

程水瞬間鬆了一口氣，「麻煩秦小姐了。」

「沒事，」秦苒擺擺手，想了想又抬起眼眸：「我下午要出去一趟。」

「秦小姐要出門？是要去美協？」程水看了秦苒一眼，記得秦苒在飯桌上說要去看老師。

秦苒搖頭，「就在附近見個朋友，有哪個適合見面的地點？人少一點。」

「幾條街外有個咖啡館，那家咖啡很難喝，所以人不多。」程水立刻就想到了一個地方。

「好，」秦苒笑了笑，「就那裡，你把具體位置傳給我。」

「我去安排。」

程水點點頭，也沒問秦苒要去見什麼朋友，只在思索要讓誰幫秦苒帶路。

頭。

施厲銘不在美洲，程木對這邊的地形不熟……

程水一邊把具體位置傳給秦苒，一邊走到樓下，看到坐在沙發上看著自己電腦的程火，他抬頭。

「程火，你下午陪秦小姐出去一趟，就在附近。」

「好，」程火敲著鍵盤，頭也沒抬，「我這邊出了點事，馬修手邊的那個駭客竟然破了我的木馬程式，手段讓我覺得有些熟悉！」

「馬修身後的駭客？」程水一頓，他若有所思地看向程火，「他好長一段時間沒出現了吧？」

程火頭痛地把電腦放在一旁，又看向程水，好奇地問：

「不過秦小姐要去見什麼朋友？這附近都是馬修的人吧，別告訴我她朋友是馬修，那我跟她豈不是自投羅網？」

程火這句話自然只是玩笑話。

程水還沒說話，樓上的程木就拖著拖鞋下來，去廚房把自己的早餐端出來，一邊喝著溫水，一邊說話，聲音含含糊糊。

「什麼朋友？」

「秦小姐下午要去見朋友。」程火最近不太想理程木，直接拿起電腦，由程水好脾氣地回答。

「噗——咳咳！」

程木一口水沒喝下去，差點嗆死自己。

這反應有點奇怪，程水雙手環胸，挑眉看向程木。

程木默默抽出一張紙巾，把桌子上的水擦乾淨。

「……沒，我只是想起了一些事。」

想起了那些年秦小姐的普通朋友們。

程木算一算，那些朋友們該出來的，應該出來了……吧？

＊

樓上——

秦苒正坐在電腦前，打開製圖軟體，重新按照葉學長的資料構算了一張圖。

半晌後，又把他們傳過來的檔案列印出來。

程雋敲門進來。

他剛處理完程土那邊的事情，直接走到秦苒身後，伸手從後面抱住她，另一隻手把她列印好的文件拿過來。

下巴靠在她的肩上，隨意看了看檔案。

「妳這個研究要做到什麼時候？」

「二月二十日。」秦苒想了想。

過了二月二十日，等比賽結果出來，研究院的名單下來，徐校長就要收徒，研究院那邊才是主場。

程雋皺了皺眉，「好吧。」

他鬆開手，走到一旁把這份文件釘好，隨意地問：

「等一下要出門？」

「嗯。」

秦苒坐到電腦前，看了看右下角的時間，快五點了。

巨鱷也差不多要到他們約的那間難喝的咖啡館了。

她看了眼程雋。

程雋正靠在桌子旁，一手壓在白色的文件上，一手拿著釘書機，垂著眸子慢慢地釘好文件，手指骨節分明，線條極其流暢。

「你要不要一起去？」

秦苒伸手拿起桌上的玻璃杯，轉頭詢問。

最後一針釘好，程雋把文件隨手遞給秦苒，看著她，不禁笑了下。

「今天還真的無法陪妳去，讓程火跟程木跟妳一起去吧？我姊也沒事……」

「行了，我就隨便問問。」秦苒立刻抬手，有些頭痛：「我朋友也不愛見人。」

五點二十分，巨鱷差不多到了。

程火開車送秦苒去那家難喝的咖啡館，程木則坐在副駕駛座。

程雋站在大門口，直到看不到車尾了，他才斂起臉上的神色。

他轉過身，看了眼程水：「把人帶過來。」

程水頷首，走下去，從別墅的地下室悄然帶出一個金髮碧眼的男人，直接帶到了樓上書房。

程水一打開門，就聞到一股很濃的菸味，整個書房裡煙霧繚繞。

程雋背對著門站在窗戶邊，背影修長，只是周身都縈繞著一股冷意。

他有點想拿出手機拍支影片給秦苒。他如此心想，手上卻力道強硬地把人帶到程雋身邊。

「這是跟在馬修身邊幾年的手下，之前是地下聯盟的人。」

程雋側過身，看向那金髮碧眼的男人。眉眼垂著，因為逆光，看不清眸底的情緒。

「你說兩年半前，馬修在貧民窟？」

金髮碧眼的男人低頭，話說得斷斷續續。

「那時候我只知道有位先生找他，也是華國人……」

這種時候，這個人不會說謊。

程雋伸手把菸撚熄，臉上從頭到尾都沒有什麼表情，只是按照這個人說的，把顧西遲說的內容在腦中勾勒出來。

顧西遲兩年前在貧民窟找到了秦苒，那時候應該也還有其他勢力在找他。顧西遲再怎麼樣也只是一個醫生，想要安全帶出秦苒，只能找人。

他作為一個神醫，朋友遍布五湖四海，但這些好友中唯一能讓顧西遲信任的大概只有馬修。

馬修幫顧西遲擺平過不少麻煩，所以當初……應該是馬修幫助顧西遲，帶著秦苒脫困。

想到這裡，程雋深色的睫毛顫了顫，想不通秦苒那時候惹到了什麼人，能讓顧西遲把馬修也找來……

他煩躁地把菸蒂扔到垃圾桶。

「把人帶下去，還給馬修。」

「那針對馬修的人？」程水抬頭。

程雋沒看他，修長的手指把書桌上的電腦打開，平靜地開口：

「全都撤掉，馬修總部不是缺資金維修系統嗎？你讓程火查查缺多少。」

程水以為自己聽錯了，做出一個自己平常絕對不會做的動作，伸手掏了掏耳朵：「老大……」

程雋只抬眸，不輕不重地兩個字：「去做。」

＊

程火將車開到咖啡館對面。

「秦小姐，您下車吧，就是對面那家咖啡館。」程火看向後視鏡，並囑咐，「那家咖啡不好喝，但可以點牛奶。」

「嗯。」

秦苒打開後車門下車，伸手拉攏身上的大衣，看向那間咖啡館，微微瞇眼。

程木跟程火沒有跟她一起去見她的朋友，等秦苒下車之後，程木拿出手機玩遊戲，程火也拿出電腦，目光隨意地看了眼窗外，一頓。

「怎麼了？」

程火的眉頭皺著。

「我好像看到了馬修的人……」

不過他想馬修應該沒那麼大的膽子惹事，程火收回目光。

秦苒到了咖啡廳，美洲沒人認識她，因此她沒戴上帽子，也沒圍圍巾。

巨鱷也剛到咖啡館，比秦苒先一步坐在二樓靠近窗邊的位置。

他身邊的位子上還坐著他的手下，正四處張望著疑似孤狼的人，神色十分緊張：「老大，孤狼來了嗎？我沒看到像是孤狼的人。」

巨鱷的手下沒有人不知道孤狼，他們這一行人幾次落入險境，都是孤狼從天而降出現在他們的耳機裡，因此在這群手下眼裡，孤狼的地位僅次於巨鱷。

「快了。」

巨鱷看了一下時間，五點三十九分，還差一分鐘。

他抬頭看了看樓梯的方向。

樓梯口有一道清瘦的身影出現。

巨鱷一眼就認出秦苒，他站起來，充滿異域風情的臉上露出了笑。

「兄弟，這裡！」

秦苒沒立刻過來，她停在樓梯口一會兒，看向四周。

可能是因為這家咖啡不好喝，二樓人不多。

感覺到她的表情不對勁，巨鱷走過來，一邊朝四周張望。

「兄弟，沒事吧？」

秦苒在樓梯口站了一下，模樣懶散，她收回目光，隨意地看了眼巨鱷。

「沒事，你來美洲的消息有人知道嗎？」

「一路上除了停機坪，我沒停留過。」聽著他的話，巨鱷也朝四周看了看，一雙眸子瞇起，「那個服務生……」

他的手漫不經心地插進口袋，摸了摸武器。

「先坐過去。」秦苒脫下大衣，裡面是一件白色毛衣，聲線平淡。

兩人都是見過大風大浪的人，縱使感覺到被人監視著，也不怎麼急躁。

一邊走一邊聊，往窗邊的位子走去。

坐在巨鱷身邊的心腹見到巨鱷站起來，也從位子上站起來，看到秦苒那張臉，他心底實際上非常崩潰，但臉上還是繃住了。

「這是青林。」巨鱷看了他一眼，隨意地介紹。

青林嘰一聲拉開椅子站起來，畢恭畢敬地看向秦苒，張了張口，不知道要怎麼叫她。

秦苒坐在兩人對面，把咖啡杯放到一旁，順便擺弄起手上的手機。

手機瞬間展開成一個螢幕，底端在白色的桌子上投影成鍵盤。

秦苒先輸入一串代碼，眼睫垂下，覆蓋住淺淡的眸子，沒抬頭，聲音不急不緩。

「秦苒。」

青林立刻明白這是孤狼的名字，「秦小姐。」

「嗯。」秦苒隨意應了一聲。

巨鱷靠著椅背，目光不著痕跡地朝四周看了看。

「妳當時第一次接單的時候是幾歲？」

秦苒的手機螢幕上出現了一串串代碼，「十四。」

雖然何晨跟渣龍都提前跟他說過了，巨鱷還是沉默了一下，搖搖頭。

「我十四歲時被我叔叔扔進狼群，還覺得自己很厲害。」

誰知道別人的十四歲比他還誇張。

巨鱷跟何晨他們不一樣，他會入會完全是因為秦苒。

當初一二九剛成立，駭客聯盟不敢接巨鱷的單子，巨鱷就嘗試在一二九下單，沒想到真的橫空跑出一個駭客，駭了所有監視器。

若沒有那次，巨鱷現在說不定也被馬修關進牢房了。

之後幾次沒那麼驚險，但就是這個第一次讓巨鱷記憶深刻。

當然，外界人自然不知道，在亞洲囂張的熱武大老巨鱷，幾次從陷阱中逃生，在他身後為他掃清障礙的是他的兄弟孤狼。

他是被常寧以孤狼的名號騙進一二九的。

「咳咳……」

身邊喝著咖啡的青林像見鬼了一樣。

秦苒抬頭，淡淡地看他一眼，挑起眉。

青林連忙放下杯子，一邊咳一邊道：「不是，秦小姐，這咖啡難喝。」

「咖啡確實難喝，我幫妳點了牛奶。」

巨鱷自己端了杯白開水，又把一杯牛奶推到秦苒那邊，目光繼續掃視周圍。

投影鍵盤很小，秦苒一手敲著代碼，一手端來牛奶，之後收回眸光。

「這裡的監視器控制住了。」

「也沒竊聽器。」

巨鱷收回看向身邊花卉的目光，整個身體放鬆下來。

兩個人雖然沒什麼交流，但都知道自己要幹什麼。

巨鱷跟青林一開始沉浸在見到孤狼的情緒之中，對自己的行蹤也有信心，自然沒想到一來就被霍爾發現了，到達咖啡館後，也沒感覺到有人監視。

「這一塊是馬修的地盤，可能是他的人，」巨鱷的眉頭皺起，「他應該不知道我的消息。」

他的主場不在美洲。雖然跟馬修有過節，但馬修不會花昂貴的代價盯著他。

要說盯著他的是程土，巨鱷可能還會相信。

「等一下你們先走。」秦苒把手機放在一旁，監視器都已經處理好，剩最後一個啟動鍵，只等等一下巨鱷離開。

巨鱷點頭，他靠著椅背，看起來還挺閒散隨意的。

「你們之後都一直在京城，什麼時候來我的地盤？」

「看情況。」秦苒捏了捏手腕。

「妳以前不是很喜歡往亂區跑？」巨鱷的兩隻手放在桌子上。

兩人很熟，巨鱷自然也知道秦苒當時不是喜歡往貧民窟跑，就是去情況混亂的地方。

秦苒瞥他一眼：「職業需要。」

青林就坐在兩人身邊，喝著難喝的咖啡，目光看了看二樓的環境，除了兩個服務生，他沒看到有什麼不對勁。不過巨鱷跟秦苒都說不對勁，那就是他沒看出來。

不過……

知道自己被盯上了，還能淡定地聊天。他想，也只有這兩位做得出來。

兩人隨意聊了幾句，巨鱷終於彌補了半年前沒見到孤狼的遺憾。

秦苒拿起桌上的手機，十五分鐘了，「你們先走，隱祕點。」

孤狼脫了外套，隨意拿在手裡。

「好，還有那個單子，我已經讓人著手去辦了。」

他跟青林拉開椅子站起來。

同時，秦苒看了看擺在桌子上的手機頁面，按了下「Enter」鍵。

巨鱷跟青林已經下樓了。

與此同時，一處監控室裡，全方位路段的三十六個監視器突然陷入漆黑，看著監視畫面的一行人按著耳機。

「長官，監視器畫面沒了！」

*

咖啡館裡，秦苒也不急。

她坐在位子上，隨意交疊雙腿，姿勢囂張，把手機不緊不慢地拼回去才打開微信，點了顧西遲的大頭貼，傳出一句話——

『記得找馬修撈我。』

秦苒又傳了則訊息給程木。

『跟朋友去了另一個地方，稍等。』

傳完這句話，秦苒才看著樓下，還沒有人來。

倒是樓梯口多了一個人上來。

是程溫如。

「苒苒，程火他們說妳在這裡。」程溫如拍了拍衣袖，雷厲風行的，「剛剛有個人下樓撞到了我，妳朋友人呢？」

「他們走了。」秦苒往裡面坐，讓位給程溫如。

見秦苒對面沒有人，程溫如坐過來，招手向服務生點了杯咖啡。

「三弟讓我來找妳，他今天看起來心情不好。」

「心情不好？」

秦苒抬眸，她走的時候還挺好的。

這裡的咖啡上得很快。服務生很快就端上兩杯，秦苒喝了一口，又焦又苦，沒想像中那麼難喝，杯子也不大。

程溫如也喝了一口，她眯起眼。

「看起來是，這種情況我記得只有一次，第一次是他把我的那個陶馬拼好，前一天還非常高興，想要給我爸一個驚喜，後一天就把修復好的陶馬交給了我，表情就跟面對其他事情沒兩樣，就……」

程溫如搖頭，她說不出來。

不過就是從那時候開始，程雋就變懶散了，幾乎不專注於任何事。這麼多年來，關於秦苒的事，大概是程溫如看過他最認真看待的事情了。

秦苒愣了一下，想不出他還能因為什麼事情。

這時，馬修的人出現在秦苒面前。幾個手下全副武裝，只看到兩個悠哉遊哉地喝著咖啡的女人。

一行人面面相覷，但也偷偷把人從後面帶走了。

＊

在馬路斜對面，秦苒有心安撫程木跟程火。

今天要是程木，可能就相信了秦苒的訊息，但還有程火在。他送秦苒來這裡前，程水曾對秦苒千叮萬囑。

雖然程火覺得秦苒不需要他們的保護，但也沒鬆懈，畢竟這裡是馬修的地盤。

他看著電腦的同時也注意到咖啡店的動靜，馬修的人馬一出現，他就看到了。

「不對。」程火看著程木的訊息。半晌，他放下電腦，「我們下去看看！」

兩人直接到二樓，窗邊空無一人。

與此同時，隔壁街道，程溫如抓著秦苒的手臂，心裡有很多想法。這群人來到咖啡館，每個人全副武裝，該不會是抓大堂主的人……

她正想著，就見到秦苒收回目光，淡定地向她說：

「程姊姊，不用擔心，沒事。」

秦苒的表情很淡定，程溫如莫名有些安心，鬆了口氣。

「苒苒，妳知道他們是什麼人？」

「知道，」秦苒交疊雙腿，不輕不重地對程溫如丟了個炸彈：「馬修的人。」

秦苒說完就沒有繼續關注程溫如，她還在想接下來的事情。

剛剛進咖啡廳的時候，秦苒就知道巨鱷的消息是程雋洩漏的，他在陷害馬修。

畢竟馬修不掌控停機坪那邊，巨鱷又那麼小心，只會是程雋誠心想鬧事，所以她來見巨鱷的事情他肯定能猜到。

關於巨鱷跟馬修的事，她一直沒跟程雋坦白，有些事拿到檯面上來說，有不少利益糾葛。

巨鱷跟程土肯定是對立的，程雋大半會讓程土收手。至於馬修這邊，美洲的勢力不會因為她一個人改變，但加上她的話，就更複雜了。

程雋會因為她讓步，但他的手下呢？馬修、巨鱷他們的手下呢？

作為一個首領，作為一個老大，他們會在博弈期間，因為她讓步？既兒戲又不講道義，秦苒不覺得自己有這麼重要。

至於程雋，秦苒也不會讓他做這種事。

想到這裡，秦苒不由得往後靠，眉頭擰起。

幸運的是當初退出了美洲……不過總會留下一點蛛絲馬跡，顧西遲把她的號碼沖進馬桶了，她也刪了一些記錄，但要是真的調查可能會查到。

怎麼坦白會比較真誠？

秦苒正想著要怎麼跟程雋坦白巨鱷跟馬修的事，身旁的程溫如卻淡定不了。

她轉過身看向秦苒，一向氣勢強大的臉上有些呆愣。

一開始，她就覺得帶她跟秦苒走的人有些不對勁。秦苒的前一句話讓她安心下來，但後一句讓她剛安下來的心又猛地下墜十八層。

「苒苒。」程溫如面無表情地看向秦苒，覺得自己剛剛可能是見鬼了，「妳剛剛說是誰？」

秦苒還在想坦白的事，聞言，又重複了遍：「姊姊，是馬修。」

聲音還是淡定又漫不經心。

程溫如：「？」

是馬修，您怎麼還能這麼淡定？

程溫如深吸了一口氣，她覺得秦苒可能一直太過專注於研究，不知道馬修在美洲是什麼人：「苒苒，妳聽我說，妳有沒有連絡程木跟程火他們？」

她一邊說一邊拿出手機。

這些人沒有收走兩人的手機。

「早就連絡了，妳放心。」秦苒看得出程溫如有些害怕，她轉過頭安撫一句。

這邊本就離馬修大樓很近，兩人說著說著，就到了大樓。

因為是兩個女生，秦苒的動作太過隨意，程溫如看起來也沒什麼攻擊力，兩人身上也不像藏著武器，所以只帶進了三面都是白牆的審訊室，隔著一道鐵門跟單面玻璃。

鐵門是磁卡鎖，馬修的手下把兩人帶進去之後關上門。

審訊室內有兩張椅子，秦苒把一張椅子踢出來。

「程姊姊，妳先坐。」

程溫如最開始的慌亂已經過了，現在也靜下心來，好好思索一番，意識到秦苒為什麼這麼淡定了，首先，兩人並沒有在美洲有什麼違法的行為。馬修既然是國際刑警，應該不會亂來。程溫如想到這裡，略微安心，朝門口看了一眼。

「妳坐，我不累，等一下有人來由我應付。」

秦苒看程溫如沒心思坐著，就自己先坐了，還拿出手機。

這間審訊室自然被遮擋了訊號，秦苒就低頭開始玩遊戲。

程溫如的內心也很堅強，靠在鐵桌旁看秦苒玩遊戲。這種時候越要穩住心思。

單面玻璃外，一行人看到秦苒竟然悠哉地玩起遊戲，就摘下耳機，面面相覷。

「長官回來了沒？」

一開始，他們懷疑這兩個人是普通人，可眼下，被莫名其妙關在這裡還能這麼閒散的，怕不是什麼普通人。

普通人可沒這麼大的膽子。

身旁的人耳機裡出現了一道聲音，他立刻按著耳機，應了一聲「好」，之後立刻站起來。

「長官回來了！」

兩人一到外面，走出電梯就迎面撞上馬修。

「老大，巨鱷的事，這兩個女人肯定知道。」

剛剃了鬍子的馬修腳步飛快，手上還拿著手機。聽到這句話，他瞇了瞇眼，重新撥了通電話。

「不行，你說的這個女人我不能立刻放，她肯定知道巨鱷。」

手機的另一頭正是顧西遲，他還在實驗室，手上拿著一份報告單。聽到這句話，他把報告單一把拍在桌子上。

『你忘記我當初是怎麼把你從死人堆裡救出來的……』

馬修不動聲色，「你放心，我不會動她，但找到巨鱷之前，就算是你說話，我也不會放走她們任何一個人，這是原則問題。」

馬修直接掛斷了電話。

他和顧西遲雖然有過命交情，那是他欠了顧西遲，不可能因為這個而放過其他人。

京城實驗室——

顧西遲一臉呆愣地看著手裡的電話。江東葉正在看一個培養皿，他側頭看向顧西遲。

「你沒事吧？」

「不是。」顧西遲搖頭，「我們家小苒兒什麼時候跟巨鱷有關係了？」

他低著頭，翻出程雋的號碼。

馬修說不會動秦苒，那就不會動，但程雋那邊肯定要告知一聲。

顧西遲見過馬修的名單，程雋也在馬修要抓的人之列。

江東葉看著他打電話，不由得挑眉。

「難怪京城最近這麼安靜，什麼消息都沒有。」

原來是風暴中心的秦苒、程雋離開京城了。

——未完待續

高寶書版集團
gobooks.com.tw

CP Capt CP014

神祕主義至上！為女王獻上膝蓋　第三部1

作　　者　一路煩花
插　　畫　Tefco
責任編輯　林欣潔
封面設計　林檎
內頁排版　彭立瑋
企　　劃　黃子晏

發 行 人　朱凱蕾
出　　版　三日月書版股份有限公司
　　　　　Mikazuki Publishing Co., Ltd.
地　　址　臺北市內湖區洲子街88號3樓
網　　址　www.gobooks.com.tw
電　　話　(02) 27992788
電　　郵　readers@gobooks.com.tw（讀者服務部）
傳　　真　出版部　(02) 27990909　行銷部 (02) 27993088
郵政劃撥　50404557
戶　　名　英屬維京群島商高寶國際有限公司台灣分公司
發　　行　英屬維京群島商高寶國際有限公司台灣分公司 / Printed in Taiwan
　　　　　Global Group Holdings, Ltd.
法律顧問　永然聯合法律事務所
初版日期　2024年10月

本著作物由瀟湘書院（天津）文化發展有限公司授權出版。

國家圖書館出版品預行編目(CIP)資料

神祕主義至上！為女王獻上膝蓋 第三部 / 一路煩花著. -- 初版. -- 臺北市：三日月書版股份有限公司出版：英屬維京群島商高寶國際有限公司臺灣分公司發行, 2024.10-
　面；　公分. --

ISBN 978-626-7391-31-0（第1冊：平裝）

857.7　　113012672